疎陀陽
イラスト　みわべさくら

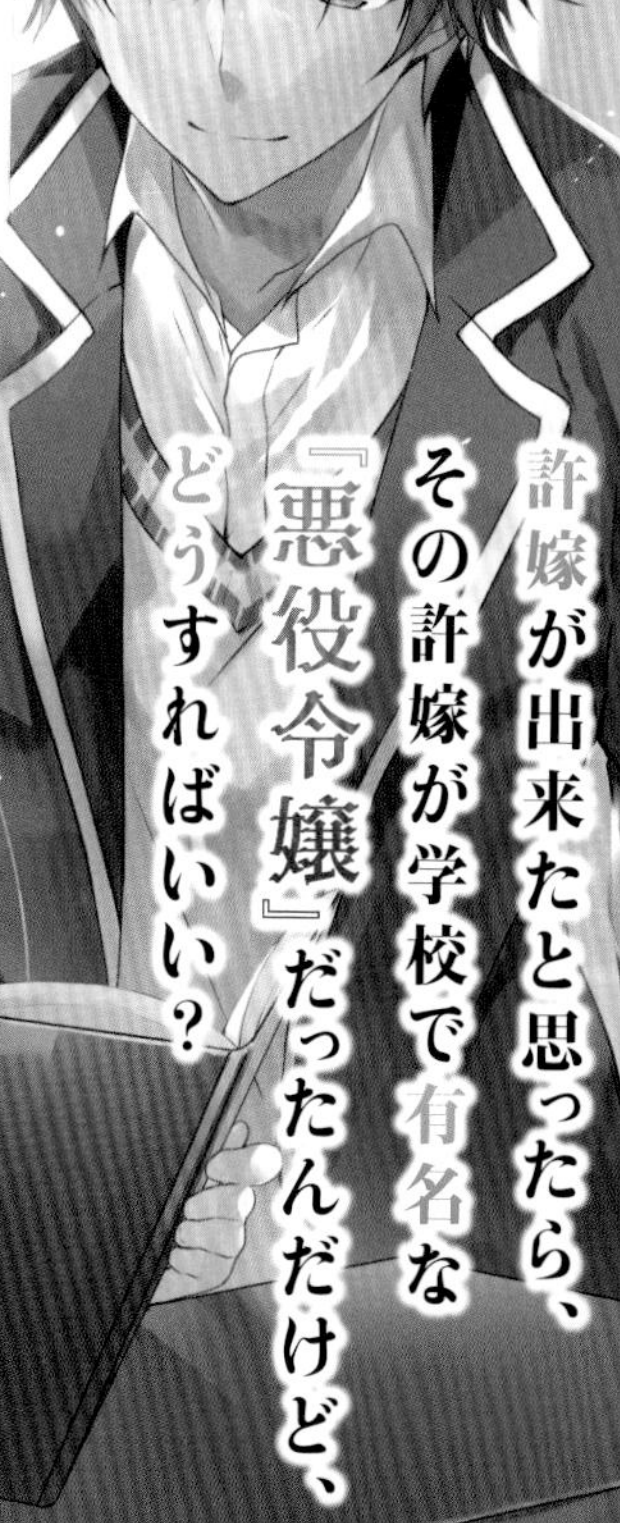

許嫁が出来たと思ったら、その許嫁が学校で有名な『悪役令嬢』だったんだけど、どうすればいい？

「私、今まで一人でも平気だと思ってたのに……貴方といるから、弱くなっちゃったのかしら？」

「……それは弱くなったというか……こう、二人でいる強さを覚えたというか……上手く言えんが」

「……ふふふ。そうね。貴方といることで、私は逆に強くなったのかもしれないわね」

そう言ってふんわりと微笑む桐生。その笑顔はとても綺麗で、可愛らしいものだった。

「それじゃ浩之ちゃん？
キャプテンとして
何か一言貰えるかな？」

涼子

「……正直、思いつきに近い
考えだと自分でも思う。
思うのに、こうやって
集まってくれて……
まあ、なんだ。その、
か、感謝している」

「二年の藤田だ。俺も素人だけど、
全力で頑張るからまあ、よろしくな？」

藤田（高校二年生）

ふじた

陸上長距離選手。
ひょんなことから、浩之たちが参加しようとしている
バスケットボール市民大会のチームメンバーに。

「あ、私は藤原理沙です！
一年でバスケ部です！
基本、桐生先輩とコンビで
練習すると思いますが……
よ、よろしくお願いします！」
「……一年の有森雫です。藤田先輩？
『よろしく』お願いしますね？」
「それじゃ自己紹介も
終わったことだし、
全体練習、はじめるか！」
「はい！」
有森雫／藤原理沙（高校一年生）
ありもりしずく／ふじわらりさ
現役バスケ部。
瑞穂に起こったとある事件をきっかけに、
浩之たち寄せ集めバスケチームのサポート役に。

「……今まで私は自分の為に頑張ってきたわ。でもね？　今回はそうじゃない」

そう言って視線をこちらに固定して。

「私も勝ちたい、東九条君。

勝利を求める貴方の為に……そんな、貴方の力になりたいわ」

そう言って綺麗な微笑みを見せる桐生。

「……ふふふ。人の為に
何かをするっていうのは、
こんなにも緊張して……
そして、ワクワクする
ものなのね？」
「……ごめん、照れ臭い。勘弁して」
「やーだぁ」
そう言ってペロリと舌を出す桐生。
おい、お前。その姿、可愛いすぎるんですけど？

CONTENTS

ダッシュエックス文庫

許嫁が出来たと思ったら、その許嫁が学校で有名な『悪役令嬢』だったんだけど、どうすればいい？３

疎陀 陽

プロローグ　幼馴染と、時々ピエロ

「はい、ヒロユキ？　あーんして」

「あ、智美ちゃん！　ズルい！　私が作ったお弁当だよ!!　『ファーストあーん』は私に譲るべきじゃないかな!?」

「なによ、『ファーストあーん』って。こんなの早い者勝ちですよーだ」

「女子力皆無のくせに何を言っているんだか！　私が作ったんだから、私が食べさせるの！　イヤなら良いんだよ？　智美ちゃん、食べなくても！」

「あ、そんなこと言う!?　ひどくない？　大事な幼馴染になんてこと言うのよ、涼子！」

「恋は戦争なんですー。ルールも倫理もないんですー」

「……いやあるだろう、ルールぐらい」

昼休みの屋上。いつも通り……というと若干語弊があるが、俺と涼子と智美……と、桐生の四人は屋上で昼食を摂っていた。摂っていたんだが……

「……ねえ？」

「……はい」

「……貴方、この二人を振ったのよね？」

「……そのはずなんだが……」

「なのに」

額に、青筋を浮かべて。

「──なんでこの二人は貴方に寄り掛かってご飯食べてるのよっ!!」


そう。

なんでか知らんが……いや、知らんことはないが、ともかく俺の右隣には涼子、左隣には智美が陣取り、二人して箸を持って俺の口に『あーん』をしてきてやがる。きっと、これが例の『アピール』なんだろう。

「ん？　ああ、ごめんね、桐生さん？　私たち、浩之ちゃんにフラれちゃったけど、浩之ちゃん諦める気は毛頭ないんだ～」

「そうそう。だからヒロユキを落とすためにガンガン攻めていこうと思って！」

「それにしたって限度ってモノがあるでしょ！　なんで二人してそんなにベッタリ東九条君に引っつく必要があるのよ！」

桐生の絶叫に、涼子と智美は目を合わせて。

「「東九条成分の補給」」

「口を合わせて何をしょうもないこと言っているのよ!!」

いや、マジで。

「……はあ。とりあえず二人とも、離れてくれ。飯が食いづらくて仕方ない」

「ええ～。そんな冷たいこと言わないでよ～、ヒロユキ」

「そうだよ、浩之ちゃん！　桐生さんはいつでも逢えるから良いけどさ～？　私たちとは今しか逢えないじゃん～」

「……貴女たち……吹っ切れたにしても吹っ切れ過ぎでしょう」

呆れたようにため息を吐く桐生。まあ、言わんとしていることは分かるが……

「……そもそもね？　私と東九条君、許嫁なのよ？　このまま何もなければ、私と東九条君は結婚までいくの。言ってみれば……そ、その、み、未来の旦那様なわけよ？　そんな私の前で、その……そんな風にイチャイチャするのはどうかと思うのだけれど？」

まさに、ど正論。少しだけ得意げな桐生に、涼子と智美は顔を見合わせた後、ふふんと不敵に笑ってみせた。

「ふーん。そんなこと言うんだ、桐生さん」

「な、なによ？」

「いやね？　桐生さんが良いんだったら良いけど？　それって、どうなのかな～って。ねえ、涼子？」

「そうだよね～、智美ちゃん？」

「な、なに？　なんなの？」

「ううん。別に桐生さんが良いなら良いけど……それってさ？」

「「……言ってて格好悪くないの？」」

「ど、どういう意味よ！」

「いや、だってさ？　桐生さんの言う『許嫁』って完全に親の決めたことでしょ？　別に桐生さんの魅力がどうのこうのって話じゃなくて」

「だよね～。それって桐生さんのキャラっぽくないかな～って」

「あ、貴女たちがどれだけ私のことを知っているのよ、賀茂(かも)さん、鈴木(すずき)さん！」

「いや、そりゃそんなには知らないけど……でも、ヒロユキが一緒にいて『よし』とする人間でしょ？　だったら、そんなつまんない人間じゃないだろうな～とは思うよ、私は。少なくとも、私自身も結構桐生さんには好感持ってるし……まあ、ヒロユキのこと抜きに友達にはなりたいタイプかなって思うよ？　こないだのカラオケも楽しかったし」

「……そ、そう？　ありがと……」

「ん？　なんかお礼を言われるようなこと言った、私？」

そう言って首を傾(かし)げる智美。アレだよ、アレ。コイツ、人の悪意には晒(さら)され慣れてるけど、好意には弱いんだよ。流石(さすが)、桐生の天敵だな。

「ま、それはともかく？　桐生さん、それで納得出来るの？　『許嫁』ってだけで押し切って、近づくな～って言っちゃうの？　そこに愛はあるのか！　と問いたいね！」

いや、愛って。

「ぐっ……で、でも！　そういう貴女たちはどうなのよ！」

「私たち？　ホラ？　そうはいっても私、一遍はヒロユキに告白されかかってるし？　ほら、良く聞くでしょ？　焼けぼっくいに火が付いたって。ワンチャン狙おうかな～って」

「私は浩之ちゃんと一番付き合いが長いし……女子力も高いし」

「……お前のは女子力じゃなくて主婦力だろ？」

「恋人はともかく……結婚する子は主婦力高い方が良いんだよ、浩之ちゃん。違う？　毎日美味しいご飯、食べたくない？　綺麗な家で、パリッとしたシャツ着て仕事に行きたいよね～？」

「……まあ、確かに」

「東九条君!?　この裏切り者!!　わ、私は貴方の許嫁なのよ！　そ、そんなの……ひ、酷いじゃない!!」

いや、裏切り者って。別に桐生を裏切ったり、許嫁を解消とか考えてないけど……

「……だって毎日美味しいご飯の方が良いよ、そりゃ」

まあ、それを別に桐生に求めているわけじゃないけど。料理なら俺もそこそこ出来るし、掃除とか洗濯は苦手だけど……頑張るしさ。そんな俺の表情を見て、智美がポンっと手を打った。

「あー……でもあり得るかもね、ヒロユキなら」

「あり得る？　何がだよ？」

「桐生さんを裏切る――というか、許嫁関係の解消？　って言うのかな？」

「はぁ!?　な、何を言っているのかしら、鈴木さん！　ひ、東九条君はそんなに軽い男じゃないわよ!!」

うん、その通り。流石にそんな風に思われるのは心外とばかりに智美にジト目を向ける。そんな俺の思いと裏腹に、智美が小さくため息を吐いてみせた。

「はぁ……そんなこと分かってるよ。ヒロユキはそんな軽い男じゃないのは。でもさ？　ヒロユキって……なんだろう？　ちょっと『熱い』ところもあるじゃん？」

「あ、それ分かる智美ちゃん。こないだの秀明君との勝負も格好良かったし」

「だよね？　そんなヒロユキならさ？　許嫁がいても、本当に好きな子出来たら駆け落ちとかする可能性もあるかな～って」

「うん、そうだよね。もちろん、お家の事情とか考えるんだろうけど……それでも、一緒に添い遂げたいと思う人が出来たらどうなるかな～って」

そう言って涼子はにっこりと笑い。

「……どう、浩之ちゃん？　私と結婚したら毎日良い生活、送れるよ～？　それでさ？　おじいちゃんとおばあちゃんになったら、二人で縁側で日向ぼっこしながらお茶でも啜ろうよ～」

終活まで視野に入れているだと……！

「甘いね、ヒロユキ！　そりゃ、涼子の主婦力は高いわよ？　でもね？　やっぱり、真実の愛が大事だと思うんだ！　その点、私ならヒロユキは一度はホレた女なわけじゃん？」

「……まあな」

答えにくいことを聞きやがる。見ろよ、桐生のあの目。

「あの時は申し訳なかったけど……今なら、あの時出来なかったこと、いっぱいしてあげるよ？　ヒロユキが望むこと、ぜーんぶ。あったでしょ？　私と付き合ったらこうしよーみたいなの」

「……まあ」

「……それ、全部叶えてあげるよ？　今なら」

「……全部……だと？」

そう言って顔を赤くしながら、それでも妖艶に微笑む智美……い、いや！　ちょっと待て！　そ、そりゃ俺だって健全な男子中学生だったし、その、『そういう』妄想もしなかったワケじゃないけど！　別にそれだけだったワケじゃないからな！

「……ヒロユキのえっち」

「俺は今、痴漢冤罪の被害の恐ろしさを見た！」

何が怖いって完全に冤罪と言い切れないのが怖い。

「うぐぅ……ひ、東九条君！」

智美と涼子の言葉に、悔しそうに唇を噛み締めた桐生がこちらを睨んでくる。

「今度はなんだよ？」

「私に愛の告白をしなさい!!」

「お前までなに言ってんの!?」

「しょうがないでしょ！　主婦力では現状、私は賀茂さんには勝てないけど、『愛されてる勝負』なら鈴木さんには勝てるかもしれないじゃない!!」

「それは色々とおかしい!!」

そんな桐生の発言に、冷笑を浮かべてみせる智美と涼子。あ、なんか嫌な予感がするんだけど？

「あー……愛の告白しなさいだって、涼子」

「だよね～。普通、頑張るんなら自分からするべきだと思わない、智美ちゃん？」

「だよね～。なんだっけ？　涼子の言ってた……ああ、『恋に臆病になったものに祝福は訪れない』だっけ？　今の桐生さんじゃ祝福は難しいかな～」

「うんうん。言うに事欠いて『愛の告白をしなさい』だもんね～。うわー……格好悪い～」

「そうだよね！　あ、これって結構簡単にヒロユキ奪えそうじゃない？　桐生さんが今のまんまじゃ」

「うん！　朗報だね、智美ちゃん！　やっぱり私と智美ちゃんの一騎討ちかな？　こないだはごめんね、智美ちゃん。『桐生さんっていう許嫁が出来たから』なんて言ったけど……あんまり関係なかったかもね～」

「でしょー！　私は最初っから思ってたんだから！　桐生さんは土俵にすら立ってないってね!!　私の終生のライバルは涼子だけだね！」

「……煽るな」

見てみろ、桐生の顔。漫画みたいな『ぐぬぬ』の顔になってるジャマイカ。

「ぐぅ……東九条君！　早く！　早く愛の告白しなさい!!　それで私の勝ちよ!!」

「いや、だからさ？　マジで何言ってんだよ、お前？」

「だ、だって……く、悔しいじゃない！」

「……そんなところで負けず嫌いを発揮するな、このおバカ」

「そういう意味じゃないわよ、このおバカ！　本当に、バカは貴方の方よ！　分からないかしら!?　私が言っているのはね？　貴方のことで、私が――」


「――――楽しそうですね～」


――不意に、声が聞こえた。しまった、完全に忘れてた。

「…………なんですか、この茶番？　あんだけ喧嘩に付き合わされたのに、智美先輩と涼子先輩は勝手に仲直りしてるし、桐生先輩と浩之先輩も良い感じだし……秀明は一人でなんか納得してるし……」

そう言って声の主――今まで、弁当をただただ口に運ぶマシーンと化していた瑞穂はプルプルと箸を握りしめて。

「――私、完全にピエロじゃないですかぁ!!!」

「……いやね？　そりゃ、別に良いんですよ？　先輩方の喧嘩が長引くよりはね？　でもね？

流石にどうかと思うんですよ」

「いや……すまん」

「すまんじゃないですって！　普通、普通はですよ？　『瑞穂、喧嘩は収まったよ。迷惑掛けて悪かったな。お詫びに今度デートでも行くか』って言うでしょ、普通!!」

「……言わないでしょ、普通」

「言えよ！　私をデートに連れてってって！」

「いや、そんなスキーに行くみたいなノリで言われても」

　学校からの帰り道。ぷりぷりと怒る瑞穂を宥めながら、俺はその隣を歩幅を合わせて歩く。先日までの喧嘩が丸く収まったことは良かったのだが、どうやらその報告が遅れたことがえらくご立腹らしい。まあ、あんだけ迷惑掛けてりゃそりゃそうではあるが。

「全く……なんですか？　私のこと、忘れてたんですか!!」

「いや、別に忘れていたわけじゃないんだが……」

　なんだろう。誰か報告すると思ってたんだよな。涼子や智美が報告するのが一番、真っ当な気がするんだが……なんで俺に怒るんだよ、コイツ。

「……もー、良いです。どうせ私なんてそんなモンですから……」

「……いじけるなよ。ホレ、代わりに今日は付き合ってやるから」

　そう言って手に持った——瑞穂のスポーツバッグを掲げてみせる。丸く膨らんだソレの中には、皆大好きオレンジのボールが入っていたりする。

「これはアレですよ！　こないだ秀明とバスケ勝負したっていうから、そのお詫びです！　今回のお詫びは別口で付き合ってもらいますからね！」

「……なんで秀明と勝負したお詫びに、お前ともバスケしなくちゃならんのだ」

「当たり前じゃないですか！　だって秀明ですよ？　秀明とバスケ勝負したんだったら、私ともしてくださいよね！　じゃないと、私が負けたみたいじゃないですか！　浩之先輩の一番弟子ですよ、私！　私に一番に教える義務があるんです、浩之先輩は！」

「……はいはい。っていうか、秀明の扱い、ひどくね？」

「良いんですよ、私たちはこれで！　それより浩之先輩！　つきましたよ！」

　話の流れで大体ご理解いただけると思うだろうが、本日バスケ部の部活は休養日ということで、瑞穂と二人でバスケをしに近場の公園までやって来た。瑞穂曰く、秀明とバスケをしたお詫びとのことだが……まあ、正直、なんで秀明とバスケをしたお詫びに瑞穂とバスケをしなくちゃいけないのかは、全然理解は出来ていない。ちなみに同じくバスケ部休養中の智美は仲直り記念ということで涼子と――そして、なんと桐生と三人でカラオケに繰り出している。成長したな、桐生。

「……おい、ちゃんと準備運動はしろよ」

「わかってます！」

　すでに我慢の限界と言わんばかり、今にもコートに飛び出していきそうな瑞穂に一言釘を刺し、俺はスポーツバッグからボールを取り出すと軽くドリブル。そのまま、スリーポイントラインまで近づくとシュートを放つ。

「……っち」

ああ、無情。リングに弾かれたボールに軽く舌打ちをして、俺はゴール下まで走るとそのボールをキャッチし、そのままレイアップシュート。ボールはリングの中に吸い込まれた。

「あー！　浩之先輩、ズルい！　私にはアップシュートしろって言ったくせに！」

「こんなもん、アップだ、アップ。お前は怪我しないようにしっかり準備運動しろ」

「うー……ストレッチしたらすぐにワン・オン・ワンですからね！」

「……はいはい」

不満そうな顔のまま、屈伸運動を始める瑞穂を苦笑で見やり、俺はシュート練習を続けた。

「あー！　くそー！　相変わらず上手いですね、浩之先輩!!」

「ふふーん。まだまだ瑞穂には負けん」

「うー！　悔しい！　もう一本！」

「こらこら。今日はこの辺で止めとけ。ほれ、水分補給はちゃんとしろよ？」

あれから数回のワン・オン・ワンを繰り返し、先輩の威厳もあってどうにかこうにか勝ち越した俺は、傍の自販機で買ってきたスポーツドリンクを一本、瑞穂に投げる。上手いことそれをキャッチした瑞穂はキャップを開けて一気にそれを喉に流し込んだ。

「……ぷはー！」

「……おっさん臭いぞ、おい」

コイツはいちいち仕草が親父臭い。顔はそこそこ可愛いくせに……なんだろうね、ホント。もったいない。

「にしても、お前も上手くなったよな？」

「……コテンパンにしておいてなんですか？　嫌みですか？」

「どこがコテンパンだよ。僅差の勝利だろうが」

本当に。正直、アウトレンジのシュートが決まらなかったらヤバかった。流石現役というか、ディフェンスの一つ一つが中学校時代より段違いに上手くなっている。ちょこちょこ一緒にバスケをしてたが……コイツ、どんどん上手くなってるなと再確認。

「そういえば……秀明はコテンパンにしたって言ってましたけど？　最後は負けたけど、それまでは俺のワンサイドゲームだった！　って」

「……あれは反則じゃね？」

身長差もあるし、経験年数だって今じゃ秀明の方が上だぞ？　それは流石に勝つって方が無理なんだが。

「ま、そうですよね。むしろ、聖上で一年でベンチ入りってイキってたくせに、現役引退した浩之先輩に一本取られたってところがむしろ格好悪いっていうか……ざまぁ」

「……お前ら本当に秀明のこと嫌い過ぎね？」

「さっきも言いましたけど、良いんですよ。私たちの関係はこれで。拗(こじ)らせ幼馴染(おさななじみ)ーずの先輩方とは違うんですから」

「それを言われると辛(つら)いが……すまん。マジで今度なんか奢(おご)るわ」

「それはもちろん、楽しみにしておきます。でも……そうですね、それよりはバスケの練習に付き合ってもらった方が嬉しいですかね〜。最近、ちょっと伸び悩んでまして」

「……アレでか？　充分、上手くなってないか？」

元々練習好きのヤツだったが……それでも、やり過ぎじゃないのか、おい。

「まだまだですよ！　秀明はもちろん、茜(あかね)にも負けてられないですし！」

そう言って鼻息荒く握りこぶしを作って『ふんす』と息を吐く瑞穂。止めてしまったとはいえ、元バスケ部として――そして、バスケ好きとしては練習を頑張るその姿は好感が持てる。

「やり過ぎは体に毒だぞ？」

「それ、浩之先輩にだけは言われたくないんですけど？」

確かに。やれやれと呆(あき)れたように肩を竦(すく)める瑞穂のそんな姿に、少しだけ苦笑を浮かべて。

「……ま、たまにはな」

罪滅ぼし代わりに付き合ってやるか。

第一章　どちらも本音なのが、乙女心

「ただいまー」

「……おかえりなさい」

「……あれ？　部屋着、替えたのか？」

　家に帰り、リビングのドアを開けたところで幽鬼のような表情で俺を迎えてくれたのは、いつもより涼し気なルームウェアに身を包んだ桐生だ。桐生なんだが……なんか、朝よりもげっそりしている気がするんですけど……どうした？

「もうすぐ六月でしょう？　ちょっと早いけど、衣替えしようかなって」

「衣替えで疲れたのか？」

「いいえ。でも……そうね。今日は凄く疲れたわ」

「……んじゃ、カラオケの方か？」

「ええ。いえ、決して楽しくなかったわけではないのよ？　ないのだけど……やっぱり、鈴木さんも賀茂さんもあんまり深く話したことがない人だし……ちょっとだけ、気疲れしたのよ」

「……そっか」

まあ、涼子(りょうこ)はともかく智美(ともみ)は結構ぐいぐい距離感詰めてくるし……二人揃うと、涼子まで智美化するからな。そら、疲れただろ。

「あれ？　でもお前、単品で会ったらそうでもなくなかったか？」

涼子とも智美とも普通に喋(しゃべ)っていたような気がするんだが……気のせいか？

「単品って。言い方があるでしょうに」

「確かに。でもまあ、一対一なら普通に喋れていた気がするんだが……」

やっぱりアレか？　涼子と智美が重なるとその数倍のパワーが引き出される、一足す一は二じゃないよ理論が働いていたりするのか？

「……」

「どうした？」

俺の言葉に、桐生は少しだけ考え込むように中空を見つめ——やがて『ポン』と手を打つ。

「……そうね。自分でもちょっと不思議だったのよ」

「なにが？」

「なんで、こんなに『居辛い』……というと少し違う気がするけど、やりにくいというか、話しづらいと感じたのかが」

「よく意味が分からんのだが……？」

どういう意味？

「私ね？　今までずっと一人だったじゃない？」

「……まあ」

「前も言ったけど、別に友達なんていなければいないで良いと思ってたのよ。だから別に、誰に嫌われても良いと思ってたし、普通に喋るぐらいはなんともなかったのね。でもね、でもね？」

貴方（あなた）に逢（あ）って、私は変わったかもしれない、と。

「しれない、じゃないわね。変わったわ。私、今日ずっと思ってたもん。『東九条（ひがしくじょう）君がいればもっと喋りやすいのに』とか『東九条君だったらどんな歌、歌うのかな？』とか……」

――東九条君がいれば、もっと楽しいのに、とか。

「……そうかい」

「そうね。やっぱり、貴方と一緒にいた時に皆と喋れたのは……きっと貴方のお蔭（かげ）ね。貴方がいてくれたから……なんて言うのかしら……ホーム？」

「ホームとアウェイのホーム？」

「そう。そんな感じがして……その……しゃ、喋りやすかったのよ」

「……」

「……」

「……」

「……なにか言いなさいよね」

「えぇっと……光栄です？」

……なんだろう？　物凄く照れ臭いんですけど！　それってアレだろ？　俺といるとその……安心するとか、そういう意味だろ？　照れるわ！

「……そうね。私、今まで一人でも平気だと思ってたのに……貴方といるから、弱くなっちゃったのかしら？」

「……それは弱くなったというか……こう、二人でいる強さを覚えたというか……上手く言えんが」

「……ふふふ。そうね。貴方といることで、私は逆に強くなったのかもしれないわね」

そう言ってふんわりと微笑む桐生。その笑顔はとても綺麗で、可愛らしいものだった。

「……ま、私のことは良いのよ。それより、晩御飯どうするの？　なにか食べてきた？」

「あー……いや、まだ食べてない。なんか作るか？」

「んー……それも良いけど……流石にちょっと面倒くさいのよね。どこかに食べに行くのもちょっと……だし」

「まあな」

折角家に帰ってきたのに、これからもう一回外出するのも面倒だ。

「カップラーメン……的なもの、買ってなかったよな？」

「そうね。今になって思うわ。あれ、結構生活必需品なのね。あんまり美味しくないけど」

「まあ……味に関してはな。俺は嫌いじゃないけど」

個人的には嫌いじゃないが、好きじゃない人にとってはあんまりな味ではあるだろう。俺だって嫌いじゃないが……どちらかと言えば時間短縮の意味合いが強いし。

「っていうかお前、カップラーメンとか食べるの？」

「基本的に食べることはないわ。ただ……まあ、興味本位というか、ちょっと気になって買ってはみたのよ。何事も経験だし……中学時代、クラスメイトが騒いでいたのを見たから」

「……お嬢様学校だよな？　物珍しさか？」

「まあそうね。普段、即席麺とは縁遠い生活をしてる人間ばかりだったし。それで買ってはみたんだけど……あんまり美味しくなかったのよね。スープ焼きそば」

「そっか。あんまり――」

……ん？

「……なに、スープ焼きそばって？　あれか？　スープの素がついているやつか？」

「なにって……あるじゃない？　即席で焼きそばが作れるやつ。っていうか、なによ、スープの素って。そんなのあるの？」

「……え？」

「……え？　な、なにか間違ってる？」

「寡聞にして俺はスープ焼きそばなる即席麺を知らんのだが……え？　なに、それ？　スープスパゲッティの亜種とかじゃなくて？　え？　お前、湯切りした？」

「湯切り？　湯切りってなに？」

「……」

……こいつさては、水入れたままスープ入れやがったな？

「……あのな？　カップ焼きそばは『湯切り』って言って、一遍湯を捨てるんだぞ？　スープの素がついているやつはアレだ。その湯切りのお湯でスープ作るやつだ」

「……え？　そ、そうなの？」

……マジか、こいつ。そんな俺の視線に、桐生がうがーっとばかりに声を上げる。

「……だ、だって仕方ないじゃない！　漏れ聞こえる話によれば、お湯を入れて三分から五分待つと食べられるって聞いてたんだもん！　湯切りなんて誰も言ってなかったし！」

ああ、断片的な情報だけで即席麺は『こう』って認識したクチか。確かに、桐生の言う通り、湯切りする即席麺なんて……まあ、最近は増えたけど、焼きそばとか油そばくらいのモンだしな。

「にしても……蓋に書いてあっただろうが？　作り方的な」

「自慢じゃないけど私、説明書は見ない質なの」

「本当に自慢じゃないんだけど、それ」

「うるさいわね！　カップラーメンぐらい、説明書なくても作れるって踏んでたの！」

「まあ、作れてないけど」

「……そうだけど」

そう言って心持ちしょんぼりした顔を見せる桐生。

「……んじゃ、今度、カップラーメン買いに行くか。ちゃんと湯切りした焼きそばは普通に美味いし、ラーメンも今は結構良いのが出てるからな。流石にスープ焼きそばがデビュー戦で最終戦はちょっとだし」

それで即席麺の評価が定まってしまうのもどうか、だし。

「……うん！　それじゃ今度、即席麺、買いに行きましょう！」

そう言ってにこやかに笑う桐生に……あ、でも、コイツ、デリバリーとか好きだったし、カップ麺にハマってそればっかりになったらどうしようと一抹の不安を覚えながら、俺はリビングのソファに腰を降ろした。

「そう言えば」

「うん？」

夕食（デリバリーのピザ。家にいてもご飯を届けてくれるって素晴らしい！）を食べ終わり、食休み中に思い出したかのように桐生が声を上げた。どうした？

「私の話はしたけど、貴方はどうだったの？　今日は川北さんとバスケットをしてきたんでしょう？」

「バスケットをしてきたっつうか……まあ、いつも通り付き合わされたって感じだな。ワン・オン・ワンとかシュート勝負とか……まあ、そんな感じ」

特段いつも瑞穂とやっているバスケットと変わることはないが。ただ、マンネリだなと思わないあたり、やっぱりバスケは面白い。

「そう……最近、貴方バスケットばっかりしてる気がするわね」

「バスケットばっかりしてるワケじゃ……」

でも……まあ、言われて見ればそうかも。こないだは秀明と勝負したし、今日は瑞穂。加えて、これからちょくちょく瑞穂とのバスケにも付き合わなきゃならんし……バスケばっかりしているという評も、あながち間違いではないだろう。

「まあ、そう言われてみればそうかも。確かにバスケばっかりしてる気がするな」

なんだか小学生とか中学生とかの時を思い出す。あの頃は毎日毎日、日が暮れるまでバスケばっかりしてた気がするし。

「……ねえ」

「なんだ？」

「バスケット……楽しい？」

「あー……まあな。色々あってバスケットボールから……逃げた、っていうと語弊があるが、まあバスケを投げ出したけど、バスケ自体が嫌いなわけじゃないし」

今でもバスケは好きなスポーツだしな。体育でバスケって聞くと張り切るぐらいには好きだし。

「……そう」

「……どうしたよ？」

「その……えっとね？」

　少しだけ、言い淀（よど）み。

「……貴方、バスケットボール部に入るつもりとか……あるの？」

「……はい？」

「きょ、今日ね？　カラオケで鈴木さんが言ってたの。貴方と古川（ふるかわ）君のバスケット勝負の話。最後のシュート、凄（すご）かったって。格好良かったって」

「……最後のアレは反則みたいなモンだぞ？」

　アレだってぶっちゃけ、秀明が手加減してくれたようなモンだしな。じゃねーとお前、流石に今の俺が秀明から一本取れるわけがないし。

「そうかしら？　最後のシュートは貴方の現役（げんえき）の時みたいなシュートだって言ってたわよ。鈴木さん曰（いわ）く、『秀明とあそこまでやれるんだったら、ウチの男子バスケ部なら即レギュラーなのに』って」

「それは言い過ぎ……でも、ないか？」

　謙遜（けんそん）しすぎるのも嫌みか。確かに、ウチのバスケ部は伝統的に弱い。まあ、『自称進学校』の名の通り、どっちかって言うと学業優先の気質はあるし……男子バスケ部も決して強くはないからな。

「そうでしょ？　なら、今からバスケ部に入っても遅いってことはないのではないのかしら？　だから……バスケ部に、入るのかな～って……」

……バスケ部、ね～。

「……まあ、入らないかな？」

「そ、そうなの？」

「レギュラーになって試合に出てガチでやるってのもまあ、悪くはないけど……でも、それだけがバスケの本質でもねーしな。最近分かったんだよ。勝つのは楽しいけど、勝つばっかりが全てじゃないかな、って」

「……」

「まあ、瑞穂とバスケしたり、秀明にたまに絡んだり……後は智美とおふざけでやるバスケも十分楽しいからな。なら、別に無理に部活に入ってまでしなくても良いかな、ってのが本音のところかな？」

「……そう」

「それに……前も言ったろ？　俺がバスケ部辞めた一番の理由は言ってみりゃ人間関係だぞ？　高二の今からバスケ部入って即レギュラーなんか取ってみろ？」

「……間違いなく、やっかみを受けるわね」

「そこまではどうか分からんが……面白くない先輩とかもいるだろうしな。なら、やっぱり今のまんまでバスケしてる方が気楽でいいよ」

　そう言って笑ってみせる俺。そんな俺に、桐生は曖昧な笑顔を浮かべてみせた。

「なんだ？」

「……うーん……ううん、なんでもない」

　奥歯にモノが挟まったような、いつになく歯切れの悪い桐生。そんな桐生に少しだけ『ピン』と来て、俺は言葉を継ぐ。

「……もしかしてお前、俺にバスケ部に入れって言おうと思ってた、とか？」

　そんな俺の問いに、桐生は首を傾げてみせた。なんだよ、首を傾げるって。

「分からないの」

「……分からない？　何が？」

「貴方がバスケ部に入って、楽しそうに笑っている姿を見てみたい気持ちはあるのよ？　試合とかに勝って喜んでいる姿も見たいし……貴方はイヤだろうけど、試合に負けても悔しそうに歯を食いしばっている貴方もその……み、見てみたいのよ。もっと言えば……私の見たことのない『バスケットをしている東九条浩之』っていう……そ、その……格好いい貴方も見てみたい」

「……」

「試合の日にはお弁当――は、もうちょっと特訓してからだけど、応援に行って一緒に喜びを分かち合い、或いは悲しみを共有したい気持ちもあるの」

　そう言って、小さくため息を吐く。

「……でもね？　それと同じくらい、貴方がバスケットに夢中になって私のことを……『蔑(ないがし)ろ』じゃ、言い方が悪いけど……こうやってお喋(しゃべ)りしたり、図書館についてきてもらったり、一緒にテレビを見たりする時間が減るのは……少しだけ……」

　ううん、と。

「凄く、寂しいの」

「……」

「……本当に、迷いどころなのよ」

——一生懸命、バスケをしている貴方も見てみたい気持ちも、本物で。

——バスケなんかせずに、私の傍にいてほしい気持ちもまた、本物で。

「……どっちも本音、というのが悩ましいところよ。だから、貴方がバスケ部に入らないと聞いて……残念だと思うと同時に、ちょっとほっとしているの」

　全く、我儘(わがまま)よね、と苦笑を浮かべて。

「でも……もし、バスケ部に入りたくなったら教えてね？　賀茂さんに教えてもらいながらお弁当を作って差し入れに行くから！」

　そう言って笑う桐生の笑顔はとても綺麗(きれい)で……そして、ちょっとだけ、寂しそうで。

「……まあ、そんなに心配すんな」

　そうだよ。心配すんな。

「……うん」

「入るつもりはないし……もし入ったとしても……なんだ？　俺だって、この時間は結構気に入ってるからな。別にお前のことを蔑ろにするつもりはねーよ」

寂しいのは別に、お前だけじゃないから。その意志を込めた俺の言葉にきょとんとした表情を浮かべた後。

「……うん！」

とても嬉しそうに笑う桐生に、俺も笑顔を返した。

——でも、これからちょくちょく瑞穂とバスケの予定があると言ったら『蔑ろにしないって言ったくせに！』って、壮絶に拗ねられるんじゃないだろうか……いや、蔑ろにはしないけどさ……。

瑞穂とバスケ練習……というほど大したものではないが、それを始めて二週間経った。まあ、アイツは普通に部活もあるので毎日というわけにはいかないが、それでもそこそこの頻度で練習をしている。おかげで、桐生からは冷たい目で見られているが……まあ、お詫びだお詫び。
け、決して俺がバスケをしたいわけじゃないんだからね！

……誰得のツンデレだよ、これ。

「……お前も暇なヤツだな。部活休みなら遊びに行けばいいのに」

「私にとってはバスケが一番の遊びですし。休みならバスケしたいですよ」

「……つうかウチの学校、部活の休み多いよな？」

「そうですね～。最近ホラ、色々言われてるじゃないですか、部活関連。ブラック部活とか」

「部活にまでブラックとか言い出す時代だもんな」

「そうです。だから週一オフ、週一で軽めの調整だけなんですよね。土日は試合日ですから……試合がなければ実質、週休三日ですね。もう一日は半ドン、みたいな？　ま、自称進学校ですし」

「……強くならないだろ、それじゃ」

「詰め込めばいいとは思いませんが……茜の高校は毎日練習で、試合後も練習ですからね。秀明のところも似たようなもんですし……不安にはなります。だからこうして練習に付き合ってもらうのは凄く助かります」

「それは……良かった、なっ！」

そう言って俺はスリーポイントラインからシュートを放つ。ボールは綺麗にリングに吸い込まれた。

「あー！　ずるいです、浩之先輩！　アウトサイドからのシュート、反則です！」

「なんでだよ……良いだろ、別に」

不満そうな顔をする瑞穂にリングを潜ったボールをポーンっと放る。フグみたいに頬(ほお)を膨(ふく)らませたままそれを受け取った瑞穂は、ジト目をこちらに向けた。

「練習にならないです！」

「そこを止めにくるのも練習だろうが。ワン・オン・ワンだし、パスの選択肢(せんたくし)がない以上、出来るのはドリブルかシュートだろ？」

むしろ読みやすいと思うんだが。そんな俺の言葉になおもむーっと頬を膨らましたまま、瑞穂は口を開いた。

「……浩之先輩、ポイントガードですよね？」

「何を今更。同じポジションだろうが」

「そうですけど……浩之先輩なら、シューティングガードもいけそうですけどね。得点力高いし」

「そうでもないよ。どっちかって言うと、俺はシュートよりパスの方が得意だったしな」

「どの口が言うんですか。さっきからバシバシシュート決めてるじゃないですか？」

「ノーマークだからだよ。少し背の高いガードやフォワードがついたらもうダメだ。センターは言わずもがな」

「ふーん……そんなもんですかね～」

そう言って瑞穂はしばし考え込むように、視線を中空に彷徨(さまよ)わす。

「……浩之先輩」

「ん？」

「ポイントガードに一番重要なことって……なんですか？」

「は？　なに言ってるんだよ、お前？」

　小学校の頃からの生粋のポイントガードだろうが、お前？　今更、俺にそんなこと聞かなくても分かんじゃね？

「いえ……そうですね。私、智美先輩みたいなガードになりたいんです。その為には、何をしたら良いですか？」

「智美みたいな？　やめとけって。あいつのプレーとお前のプレースタイルは違うだろうが。ちびはちびらしくシュート練習しとけ。ほら、アホなこと言ってないで――」

「真剣に聞いてるんです、私！」

　俺の言葉を遮るような瑞穂の声。そちらを見れば言葉通りの真剣な眼差しだ。どちらかと言えばおちゃらけ気味、いつでも可愛い後輩だった瑞穂らしからぬ、その態度。これはマジで聞いているんだろうな……

「……なんで、智美みたいになりたい？　なんかあったか？」

「……実は、先生に言われたんです。新チームの構想のことで……」

「……」

「……三年生はもうすぐ引退ですし、そうしたら私をポイントガードにして、智美先輩をシューティングガードか、フォワードにコンバートするって。実際、それに合わせてフォーメーシヨンとかも練習してるんですよね」

「……凄いじゃないか」

ポイントガードはチームの司令塔だ。一年生からそんな大役を任せられるとは。

「……凄くないです。浩之先輩だって、智美先輩だって一年からバリバリレギュラーだったじゃないですか。ポイントガードの」

「……まあな」

「智美先輩は……やっぱりチームの中心選手で、周りの先輩方も智美先輩に合わせて動くっていうか……やっぱり智美先輩、上手ですし……こう、なんていうか……」

「ゲームメイクのことか？」

「それもあるんですけど……私たち一年生も、二年生の先輩方も智美先輩のプレースタイルで練習してきました。でも……私の力量じゃ……やっぱり智美先輩みたいなプレーは出来なくて……先輩方も、戸惑っているっていうか……」

……なるほど。前々からバスケが好きな奴だったが、ここ最近のコイツ、なんだか何かに追われるように練習していると思ったけど……そういうことか。

「智美の……中学生の時のプレースタイルは、パスも出すけど、自分でガンガンシュートに行くって感じだったが」

「今でもそうです」

「そうか」

あの時と変わってないか。

「……なら、今のお前には無理だろ？」

「なんでですか！」

「智美は、ポイントガードでも背の高い方だったろう？　だからパスが回せない状況でも、自分で切り込んでシュートを打つことも出来た。当たり負けもしなかったしな」

そう言いながら、俺は瑞穂に視線を向ける。身長は150センチに届くか届かないか。智美とは20センチ以上差がある。当然、智美と同じプレーなんて出来るわけがない。

「ポイントガードは、ゲームの流れを組み立てるのが主な仕事だ。特に俺らみたいな背の低い選手はな。もちろん試合の流れの中で、シュートを打つことはあるし、当然その為にシュート練習は欠かしちゃいけないが……とにかく、今はパスの練習をするべきだな。普通のパスもだけど、ノールックパスとかも練習しとけ。試合の時に役に立つ。つうか、お前、元々そういうプレースタイルだったろうが？」

結構トリッキーなプレーして、相手を挑発する様なことをちょこちょこしてた気がするが？

「でも……智美先輩のプレースタイルとは違いますから……」

「……なんか色々本末転倒な気がするが……」

大人気だな智美、と俺は心の中でこっそり溜息をついた。

「……ポイントガードは『コートの中のコーチ』って呼ばれる、いわば司令塔的役割だ。ポイントガードの性格やプレースタイルでチームのカラーもがらっと変わる。無理に智美に近づこうとせず、お前はお前のプレースタイルをすれば良いんだよ」

「……いいんですかね？」

「いいさ」

「私、一年生ですよ？　一番後輩ですよ？」

「コートの中で学年なんか関係あるか。お前の好きなようにやったらいいんだよ。先輩？　知ったことか。お前が周りに合わせるな。周りがお前に合わせるんだ」

「……なんか、それってすごい我儘じゃないですか？」

「おう。ポイントガードは我儘なもんだ。つうかな？　お前、すでにわがまま放題好き放題やってるじゃねーか。俺や智美に接するみたいに接しろよ」

まあ……ガードが我儘は超偏見だが。ガードにも慎ましやかな選手はいるよ！　俺とか！

俺の言葉に、瑞穂が小さく微笑む。

「……ありがとうございます」

「なにがだ？」

「私……智美先輩みたいにならなくちゃ、ってちょっと無理してたところがあったんです。だから……そう言ってもらえると、少し気が楽です」

そう言って笑うと、瑞穂は手に持ったボールをゴール下までドリブルをして、レイアップシュートを決めた。

「さあ、浩之先輩！　練習ですよ！　何サボってるんですか！」

第二章　たとえ、努力が裏切ったとしても

「……ほら、浩之ちゃん？　この唐揚げ、美味しいよ？」

「……」

「……」

「……さんきゅ」

昼休み。瑞穂と練習を始めてから二週間、『最近、付き合いが悪い！』という智美と……それと、桐生の呼び出しを受けて屋上に呼び出された俺。涼子特製弁当を涼子の解説付きでお相伴に与っているが……なんだろう？　智美と桐生の視線が凄い痛いんだが。

「……最近、ヒロユキが冷たいのよね～、桐生さん？」

「あら？　鈴木さんもそう思う？　そうなのよね。彼、帰ってきてもいっつもくたくたで……昨日も『晩飯は良いや』ってすぐに寝ちゃって」

「そうなんだ。奇遇だね！　私も教室でヒロユキに話しかけても眠たそうにしてて……全然、相手してくれないんだー。そういう意味では良いわよね、桐生さん。家でヒロユキに逢えるし」

「そうかしら？　むしろ、一番元気なの学校じゃないの、東九条君。だから、元気な東九条

君に逢える鈴木さんの方が良いんじゃないの？」

「そうかな～？」

「そうよ。そもそも最近、家で話もしてないし……ね！」

そう言って、箸で『ブス』っと音が立ちそうなほどの勢いで卵焼きを突き刺す桐生。いや、桐生さん！　お行儀が悪い！

「……あら、ごめんなさい。申し訳ないわ、賀茂さん」

「ちゃんと食べてくれるんなら別に良いけど……二人とも、嫉妬は醜いよ？」

そう言って聖母のような表情を浮かべる涼子。ありがたいお言葉だが、自分の箸を俺の口元に持っていって『はい、浩之ちゃん。あーん』とか言うのはやめような？　見ろよ、二人の表情。やべーから。悪鬼羅刹も裸足で逃げ出すから。

「……まあ、別に嫉妬じゃないよ？　ヒロユキが瑞穂と仲良く遊んでいる理由も、もとはと言えば私たちの喧嘩とその後始末が原因だし？　怒るのは筋違いだと思うけど？　でも、寂しいのは事実じゃん？」

「……悪かったって」

「謝ってもらいたいわけじゃないけど……まあ、ちょっとだけもにょっとして八つ当たりした。ごめん」

「……そうね。私もちょっと寂しかったからつい拗ねちゃった。ごめん」

そう言ってペコリと頭を下げる智美と桐生。いや、俺も謝ってもらいたいわけじゃないけど。

「……でもね？　流石にちょっと練習しすぎじゃない？　まあ、感謝はしてるんだけど……ちょっと、やり過ぎよ」

下げた頭を上げて、智美がじとーっとした視線をこちらに向ける。練習のしすぎって……

「いや、お前らの部活が練習しなさすぎじゃねえか？　なんだよ、週休三日って」

ミニバス時代の方がもっと練習してた気がするが……

「……まあね。ウチの部活はどっちかって言うとエンジョイバスケだから。そこまで勝利に固執……してないと言うと嘘になるけど……まあ、秀明や茜に比べたら全然甘い練習してるわね。だから、瑞穂もちょっと焦っちゃってるのよね」

「焦る？」

「ホラ、あの三人ってバスケで繋がった幼馴染じゃん？　仲は良いけど……それでもやっぱり、ライバル意識みたいなモノがあるのよね」

「……ああ」

まあ、分からんではない。俺と智美もライバル意識がなかったわけじゃないし……ただ、幸運なことにお互いプレースタイルがあまりにも違い過ぎて、そこまで比較対象にならなかっただけだ。後はまあ……俺らはバスケ『以外』の繋がりが強かったのもあるが。別にあいつらがバスケ以外の繋がりが希薄というわけではないが……やっぱりスタートが『バスケ』というのは良くも悪くもあるからな。

「あの三人の中で瑞穂だけが取り残された感じになっているのは確かだし。茜も秀明も名門校でレギュラー一歩手前でしょ？　それに比べて、瑞穂は弱小の我が校でようやくベンチ入りだからね。そりゃ、焦りもするわよ」

「お前が目の上のたんこぶだからじゃねーのか？」

「だからといってわざと負けてあげるわけにはいかないでしょ？　私だって瑞穂に嫌われたくないし……何より、瑞穂に負けたくないし」

「……まあな」

「加えて誠司さん、大学選抜に選ばれたらしいわよ」

「マジか！　すげーじゃん、誠司さん！」

俺の兄貴分と言っても良い、瑞穂の兄貴である誠司さん。誠司さんの成功は我がことの様に嬉しい。

「教えてくれればいいのに、誠司さんも」

「ヒロユキと違って誠司さんはデリカシーがあるの。やめたアンタに言えないでしょ、大学選抜メンバーに選ばれた、なんて」

「気にしなくても良いのに」

むしろ、それを言ってもらえない方が辛いんだが。そんなに気を遣ってほしくない。

「まあ、そんなわけで瑞穂、結構参ってたのよね。自分の近しい人間がどんどん遠くに行ってしまう様な気がして、それで練習に一生懸命なのよ、今」

「……アイツ、レギュラーになれそうだからって言ってたけど……？」

「それもある。私がシューティングガードかフォワードにコンバートしたら、瑞穂がポイントガードで試合に出るからね。ただ……あの子、身長低いでしょ？」

「……まあな」

「私とはプレースタイルも違うし……にも拘わらず、あの子私の真似する様なプレーばっかりだったしね。このままじゃ、やっぱりコンバートの話はなしになってなりかけてたんだけど……」

そう言って、チラリとこちらを見やる。なんだよ？

「……最近、ちょっとずつ昔のプレースタイルに戻ってきているわ。私がどれだけ言っても聞かなかったのに……ヒロユキのおかげでしょ？」

「俺のおかげってワケじゃねーだろ。つうか、本来お前の仕事じゃね、それ？」

女子バスケ部の先輩として……何より、幼馴染のチームメイトとして。

「言えるわけあると思う？　『貴方はチビなんだから私と同じプレー、出来るわけないでしょ？』って、私に言えって言うの、アンタ？　あれだけ頑張ってる瑞穂を前に？」

「……確かに」

俺もチビで、チビはチビなりの生きる道を必死に探してたからな。先達の言葉にはある程度説得力はあるものだし。智美から言われたら、どんな言われ方をしても嫌み……とまではいかなくても、決していい気持ちはしなかっただろう。

「まあ、そこのところは感謝はしてる。してるけど……さっきも言ったけど、うちはエンジョイ勢なワケ。瑞穂が頑張るのは良いことだと思うけど……それを他の人に強要してほしくはないのよ」

「……してんのか、アイツ？」

「今はまだしてないけど……あの子、思い込んだら『こう』なところあるでしょ？」

「……」

「だから……ね？」

「俺の二の舞はごめんってか？」

「……うん」

少しだけ申し訳なさそうな智美。そんな姿に、俺は肩を竦めてみせる。

「……分かった。まあ、それとなくだが、一応言っておく」

「……ごめん。それと……ありがと」

「いいよ。それこそ俺の仕事って感じもするしな」

なんとなく儘ならないものを感じながら……それでも、俺は小さくため息を吐くに留めて涼子の料理に箸を伸ばした。

「……ふわぁ」

涼子特製ランチが結構な豪華さと量だった為、午後の授業が苦行に近いものだった俺は欠伸を噛みしめながら一人帰宅の途に就く。数学、物理という理系科目だったことも手伝ってか、眠さがヤバい。どれぐらいヤバいかというと……物理の途中から、ホームルームが終わってクラス全員が教室を出た時の記憶が、爆睡してて無い。起きたら教室に一人ぼっちだからな。異世界転生でもしたのかと思った。

「……ん？」

駅を乗り継ぎ、自宅近くの駅で降りる。既に見慣れた風景になりつつあるそんな帰り道の途中にある公園——あの『桐生さんヨーヨー釣り大暴走事件』の会場である公園から、ダンダンという音が聞こえてきた。今までもずっと聞きなれ、そして最近でも結構聞きなれたその音に視線をそちらに向けると。

「……なにやってんだよ、アイツ」

そこには見慣れたツインテールのちびっ子が一人、一生懸命ゴールに向かってドリブルをしてボールを放る姿があった。おい、瑞穂？　何やってんだよ、お前。

「……おい」

「……うん？　あ！　浩之先輩！　こんにちは！」

「……こんにちはじゃねーよ。お前、こんなところで何してんだよ？　部活はどうした？」

「今日、部活休みじゃなかっただろうが。そんな俺の問いかけとジト目に、瑞穂はたらーっと冷や汗を流して視線を逸らす。

「……」

「……」

「……言え」

「……黙秘権を――」

「言わないと、練習に付き合わない」

「――部活に参加したんですけど、ちょっと張り切り過ぎて……『体を休めるのも練習！　帰って寝ろ！』って……顧問と智美先輩に……」

「……ほう。お前の寝るっていうのは電車で二駅掛けて公園まで来てバスケをすることか？」

事案だな、これ。智美に報告だ。

「み、見逃して下さい、浩之先輩！」

「見逃して下さいって言われても……俺も今日言われたしな、智美に。あんまり練習させるなって」

「え！　な、なんでですか！」

「なんでって……お前、張り切り過ぎなんだろ？　無茶な練習してるって智美から言われてるし……止めろとも言われてる」

「む、無茶じゃないですよ！　ふ、普通です、普通！」

「……あんな？　そりゃ俺だってバスケ好きだし……結構、無茶苦茶なメニュー組んでた自覚もあるよ？　でもな？　流石に『帰れ！』って言われるようなメニューを組んだことはないぞ？」

「そ、それは……で、でもですね？　私にとっては普通のことです！　そんな無茶な練習はしてません！」

　両手をわちゃわちゃ振って誤魔化す瑞穂。そんな姿に、俺は小さくため息を吐く。

「……お前さ？　何をそんなに焦ってんだよ？　アレか？　茜とか秀明に置いていかれたくないからか？　周りが皆凄くなっているから、焦っているのか？」

「へ？」

「焦る気持ちは……まあ、分からんでもないが、それでも根詰めて練習するのは良くないぞ」

　俺の言葉に、しばしのきょとん。その後、ケラケラと瑞穂は笑ってみせた。

「あー……まあ、確かに最近凄いですもんね、茜も秀明も……周りっていうなら兄貴も。知ってます、浩之先輩？　兄貴、今度大学選抜に選ばれたんですよ？　今年はアメリカ遠征するって言ってました」

「智美から聞いた。誠司さんに文句言っといてくれ。俺にも教えてくれって」

「兄貴に会うのは中々難しいですが……分かりました」

　そう言って苦笑を浮かべた後、瑞穂は薄く微笑んでみせた。

「……私、チビじゃないですか」

「……まあな」

　俺も人のことは言えんが。

「その上、大して才能もないんです。浩之先輩みたいなパスもカットインも出来ないし、茜みたいな視野の広さもない。当然、智美先輩や秀明みたいに当たり負けしない体も持ってないんです。そんな私が出来ることっていえば……」

　努力しか、ないんです、と。


「……努力は報われるからな」

「私、その言葉嫌いなんですよね～」

　俺の言葉に苦笑を浮かべる瑞穂。

「『努力は裏切らない』とか『努力は必ず報われる』っていう言葉、私、嫌いです。報われない努力なんて沢山ありますし、努力は簡単に私を裏切ります。嫌いだった牛乳を毎日一リットル以上飲んでますけど、身長伸びませんし」

　まあ、それは冗談ですけどと、ペロっと舌を出して。

「でも……浩之先輩とかウチの兄貴見てると思うんですよね。努力は必ず報われるとは限らないけど……でもね？　試合に出ている人、皆に共通していることがあるんですよ」

「……なんだ？」

「『努力』をしている人だってこと」

「……」

「さっきも言いましたけど、努力は必ず報われるとは限りませんし、努力は人を簡単に裏切ります。でも、いわゆる『成功者』はチャンスを摑むのが上手いんです。なにかの拍子で試合に出て、ビッグプレーをしてみせてレギュラーに定着する人が多いんです。それはラッキーと言えばラッキーなんでしょうが……でもね？　ラッキーだけじゃ長続きしないじゃないですか」

「……まあな」

「だから、やっぱり努力は必要なんですよ。裏切られても、騙されても、報われなくても、それでも努力は必要なんです。一生懸命努力していれば、努力の神様は微笑んでくれなくてもチャンスは投げてくれますから。そのチャンスを拾って、保持して、活かすのは自分次第です。だから、私は努力したいんです。仮に努力が私を裏切ったとしても」

――それは、私が努力を裏切る理由にはならないですから、と。

「……だから、私はこのチャンスを活かしたいんです。上手くいけばレギュラーに定着出来るかも知れない。茜や秀明にライバル心がないって言えば嘘になりますけど……それ以上に」

私は、私に負けたくない。

「だから……お願いします、浩之先輩！　此処は見逃して下さい！　何卒、なにとぞー!!」

そう言って頭を下げる瑞穂。その姿をしばし見つめ、俺はゆるゆると息を吐いた。

「……ダメだ」

「そ、そんな～」

「智美からも言われてるしな。あんまり無理な練習をさせるなって」

「……っ！　で、でも――」

「……だから」

そう言って瑞穂からボールを奪うと、スリーポイントラインまで歩く。そのまま、ぐっと足に力を込めてシュート。ボールはリングに当たることなく、ネットを潜った。

「……今日やるなら、シュート練習だけだ。走ったり跳んだりは控えろ。『無理な』練習はさせるなとは言われたが……まあ、シュート練習だ。クールダウンみたいなモンだろ？」

瑞穂、きょとん。後、ぱーっと花が開いた様な笑顔になった。

「ひ、浩之先輩!!」

「なんだ？　不満なら今すぐ帰らすが？」

「ふ、不満じゃないです！　あ、アドバイスとか……お願いしても良いですか！」

「……そのつもりだよ」

カバンを置き、ベンチに腰を掛ける俺に嬉しそうに微笑んで——

「——あれ？　そう言えば浩之先輩、なんでこんな所にいるんですか？　家、反対方向ですよね？」

——冷や汗が出た。やべ。そう言えばコイツには桐生と同棲していること、言ってなかったわ。

瑞穂とのシュート練習に付き合って帰宅。『今日も遅かった……』と不満そうな顔をする桐生さんをあやし……あやし？　ともかく少しだけお喋りをして自室へ。通学カバンをベッドに放り投げたところでスマホが鳴った。茜だ。

「もしもし？」

『あ、もしもし、おにぃ？　今、大丈夫？』

「おー。大丈夫だ。どうした？　なんかあったか？」

後は飯食って風呂入って寝るだけだからな。暇だよ、暇。

『瑞穂から色々聞いたよ？　まあ、秀明からもだけど……仲直りしたんだって、二人』

「あー……仲直りっていうか……まあ、仲直りか」

『三人の関係性も一歩進んだって聞いたし……良かったね、おにぃ』

「……あんがとよ。ああ、そういえばお前にも報告してなかったな」

こいつも色々動いてくれてたのにな。申し訳ない。

『ん？　ああ、良いよ、私は別に。自分のしたい様にやっただけだし』

「……さよけ」

『さよ、さよ。まあ、少しぐらいは感謝してるんなら今度の長期のお休みにでも京都に遊びにおいでよ』

京都ね～。そう言えば行ったのはもう一年近く前になるのか？

「あー……そうだな。なんだ？　お前も寂しいのか？　お兄ちゃんに逢えなくて」

『私？　まあ、寂しくないって言ったら嘘になるよ？　ずっと一緒に暮らしてた家族と離れ離れだし。自分で決めたことだから、文句も言えないけど……全然平気です！　っていうほど私も強い子じゃないしね～』

「……まあ、そっか」

　しっかりしてる気がするがコイツだってまだ十六歳の高校一年生だ。そりゃ、ホームシックに掛かってもおかしくないし――

『後、明美ちゃんが煩い。『浩之さん成分が足りない』って唸ってる。正直、ちょっと怖いんでなんとかしてほしいです、はい』

　――うん、コイツ、俺を生贄に差し出す気だな？　やっぱりしっかり者だわ、この妹！

「……明美、なんて？」

『一年近く顔を出してないとか、東九条の分家としての自覚が足りないとか、色々言ってるけど……要約すると『浩之さんに逢いた過ぎて死ぬ』って言ってる』

「……」

『……愛されてるね～、おにぃ』

「……どうしよう。全然、嬉しくない」

『そんなこと言わないであげて……主に私の平和の為に』

「……」

『ちなみに来るんなら三泊ぐらいは覚悟してよ？　明美ちゃん、『浩之さんに東九条の歴史を叩きこむ』って京都の旧所とか名所をマッピングしてるから』

「……マジか」

『聞いて驚け。なんと、そのマッピングしてる所がまあ、定番の京都旅行のデートスポットなんですぜ、旦那』

「……キャラがぶれてるぞ」

『おっと、失礼。でも、何が凄いって『デートスポット？』って聞いたら真っ赤な顔して『そうじゃありません！　こ、此処は私たちのご先祖様が』って東九条の歴史を語りだしたところだね。私たちの家って思った以上に凄かったんだね〜って再確認しちゃった』

「……そりゃスゲーな」

だって、京都の旧所とか名所でデートスポットになるほどの定番コースに、俺らのご先祖様の逸話があるってことだろ？　それもそこかしこに。

「……まあ、考えとく」

『考えとくというより、絶対来てよ？　これ以上明美ちゃん放置したらなんかヤバそうな気がするから。ヤンデレ一歩手前になりそうだし』

「想像が付かんが……明美だぞ？　お嬢様だぞ？」

『まあ……でも、あれよ、アレ。瑞穂からバスケ取り上げたって想像してみて？』

「……ああ」

『ね？』

「分かりやすいほど分かりやすい喩えだな、それ」

『雪を見た犬と一緒だからね、ボールとコートのある瑞穂って。嬉しくて走り回ってるんだよ、あの子』

「……なんか言い方が酷い気がするが……」

『こんなもんだもん、私ら。正直、身長やプレーでは負けるつもりはないけど……あのバスケに対する情熱だけは逆立ちしても勝てないね』

「お前でもか？　お前も結構バスケ好きだろ？」

『そりゃ好きだからわざわざ京都の高校まで来てるんだけど……それでも瑞穂には勝てないよ。あの子、バスケする為に生まれてきた様なモンだもん』

「……確かに」

『最近、おにぃも瑞穂のお手伝いしてるんでしょ？　瑞穂、嬉しそうに言ってたよ？』

「手伝っているわけじゃねーけど……まあ、一緒に遊んでるって感じか？」

『それでも瑞穂、楽しそうだったから。でも……瑞穂、ちょっとオーバーワーク気味だからさ？　よく見てあげてね』

「……智美にも言われたよ」

『んー……でも、多分、智美ちゃんも知らないと思うよ？　あの子、学校の練習した後にロードワーク出てるし、朝は朝で走り込みしてるから』

「……マジかよ」

『マジ。まあ『全然ミニバスの時に比べたら楽だけどね～』って言ってたけど……大丈夫かなって』

「……そうだな。確かに、それは心配だな。体を休めるのも練習なのに」

……うん。流石に毎朝毎晩練習は体にどく――

『ああ、違う違う』

「――……え？　違う？」

『練習自体はウチの高校でも同じくらいやってるし、瑞穂の体力なら大丈夫でしょ。そうじゃなくて』

一息。

『天英館ってさ？　一応、進学校でしょ？　勉強、大丈夫かなって』

……『浩之せんぱーい！　勉強、教えて下さい!!』と瑞穂が教室に涙目で乗り込んできたのは翌日の朝のことだった。

「……お前な？　バスケ大好きは良いけど、学生の本分は勉強だろうが？　きちんと勉強もし

ろ！　なんだよ、小テスト赤点で部活参加出来ないって」

「……そんなの、浩之先輩にだけは言われたくないです……」

「なんか言ったか！」

「なんにも言ってません！　と、とにかく、浩之先輩！　た、助けて下さい！」

「……ったく。良いか？　毎日の予習・復習をしっかりやっていれば高得点とはいわないまでも、赤点を取ることはないはずだ。聞いたぞ？　お前、練習後もロードワークして、朝は朝で走ってるらしいな？　そりゃ、疲れて勉強なんか手に付かないんだろ？」

「……ご飯食べてお風呂に入ったらバタンキューです」

「だろうが。そんな環境だったら、成績なんて悪くなるに決まってるだろ？　きちんと勉強を継続してこそ、良い練習も――」

「……ねえ？」

「――出来る……どうした、桐生？」

俺の言葉を途中で止めて、隣に座った桐生はドリンクバーから取ってきたメロンソーダをずずと啜り。

「……なんで私、ファミレスに連れてこられてるの？」

ファミレスのボックス席に座ったまま首を傾げてみせる。なんでって……

「……いいか、桐生？　今、この目の前に座っているポンコツバスケ馬鹿後輩が小テストで赤点叩き出しやがったんだ」

「言い方！　浩之先輩、悪意しかないです！」

「シャラップ！　ともかく、このままじゃコイツ、バスケ部の部活動に参加出来ない。つまり、結構なピンチだ」

「……そうね。大体話は聞いていたから理解しているわ。でもね？　それと私がファミレスに来たのって、なにか関連性があるの？」

　きょとんとした顔のままそう問う桐生。なんでかって？

「いや、お前……可哀想だと思わないのか？　このバスケ馬鹿からバスケ取り上げたら」

「そりゃ、思わないではないわよ？　川北さんがバスケットが好きなのは見たり聞いたりして知っているし、そんな大好きなバスケットが出来ないと可哀想だな～とは思うわよ？　まあ……自業自得な感は否めないけど」

「うぐぅ！」

「まあな。結局、瑞穂の自業自得だ。だがまあ、こうやって頼られた以上、なんとかしてやりたいと思うのが人情じゃないか？」

　まあ、智美じゃないけど瑞穂は練習しすぎだとは常々思ってはいたからな。それなのに、練習に付き合っていた俺にも責任――はない様な気もせんでもないが、だからと言って見捨てるのも寝ざめの悪い話ではある。

「……良い心がけね。それで？　結局、私はなんの為に呼ばれたの？」

「……こうやって頼ってくれるのは有り難いが、残念ながら俺には瑞穂を教えるだけのスキルはない」

俺だって別に勉強が得意なワケじゃないし。

「だがな？　俺には強力な味方が付いている。入学以来、学年主席を維持し続ける才女が！」

そう言って親指をぐっと上げた後、ぽんと桐生の肩を叩く。

「先生、お願いします」

「……用心棒じゃないんだけど、私」

「……っていうか、アレだけ偉そうに講釈垂れてたのに、結局人頼みって……浩之先輩、マジで格好悪いです」

失礼な。適材適所と言ってくれ。

「……まあ、良いわ。東九条君のやり方はどうであれ、私も川北さんがバスケが出来なくなるのは可哀想だと思うし……少しぐらいなら勉強を教えるぐらい、問題ないわ」

そう言って綺麗な笑顔を見せる桐生。その笑顔をきょとんとした顔で見つめ、瑞穂は視線を俺に向けた。なんだよ？

「……浩之先輩」

「なんだ？」

「桐生先輩、天使ですか？　誰ですか、こんな優しい先輩を悪役令嬢とか言った輩は！」

「……誤解されやすいヤツではある。あるが……まあ、口は間違いなく悪いしな」

「……あら？　なんだか急に教えたくなくなってきたわ」

「ひ、浩之先輩！　謝って下さい！」

「俺のせい、これ？」

「冗談よ」

今度は苦笑を浮かべてみせて、桐生はメロンソーダを最後まで飲み干すとグラスを横に置いた。

「……それで？　一体、なんの小テストで赤点取ったの？　っていうか、根本的な疑問なんだけど……小テストで赤点なんかあるの？　毎日の予習復習をこなしていれば、問題ない点数が取れると思うんだけど……範囲も狭いし。むしろ、悪い成績を取る方が難しい気がするんだけど……」

心底不思議そうな顔をする桐生に、俺と瑞穂は顔を見合わせてため息を吐く。

「……流石、才女」

「……ですね。私たちボーダーライン組とは根本的に考え方が違います」

「一緒にするなよ？　俺はギリギリでも落ちないの」

「わ、私だって毎回落ちてるワケじゃありません！　今回、たまたまですよ！」

「……喧嘩しないでくれる、話が進まないから」

「す、すいません……えっと、今回赤点を取ったのは……現代文です。再試験をしてもらえることになったので、そこで六十点以上取れば合格です」

「……」

「……え、ええっと……」

「……現代文で赤点って……なんというか……」

「な、なんでですか！」

「数学とかならまだ分かるんだけど、現代文で赤点って逆に難しい気がするのよね？　なにか書けば部分点が貰えたりするし……何点だったの？」

「……二十二点です」

「……」

「……」

「……」

「……し、仕方ないんですよ！　っていうか、現代文って勉強しにくくないですか！　ねえ、浩之先輩！」

「……まあな」

正直現代国語、現国は俺も苦手科目の一つだ。いや、苦手でもないし、成績が悪いというわけではないが……波が大きくテストの点が安定しない。正直、何を勉強して良いか分からず、勉強してもしなくても一緒という感じがするから、ついつい勉強が疎かになりがちでもある。

実際問題、『この時の作者の気持ちを答えよ』なんて問題があるが、あんなもん作者しか分かんねえと俺は思う。締め切りに追われてやけっぱちになってたかも知れないし、腹が減って死にそうだったかも知れない。

「……屁理屈此処に極まれりって感じだけど……まあ、言っていることは分からないではないわ。東九条君の場合は本を読まないからだろうけど……川北さんも？」

「……どっちかって言うと体を動かしている方が得意です」

「……でしょうね」

俺と瑞穂の答えにやれやれと首を左右に振る桐生。なんだろう、俺らが悪いんだけど、そんな態度をされると若干居心地は悪い。そんな俺らをじーっと見つめた後、桐生はぽんと手を叩いてみせた。

「……そうね。それじゃ、追試対策も必要でしょうけど、その前に根本的な国語の問題をやってみましょうか？　まあ……そうね。肩の力を抜いた、クイズみたいなものよ」

そう言ってにっこりと笑い。

「もちろん……東九条君もね？」

「俺も!?」

……巻き込まれ事故だろ、これ。そんな俺を気にすることなく、桐生は机の上に置いてあったコップを手に取って、俺と瑞穂に見せる様に持ち上げる。

「問題。コレはなんでしょう？」

「……はい？」

「……ええっと……」

「分からないかしら？　私が今持っているコレはなに？」

「……コップ……ですよね？」

不安そうにこちらを見る瑞穂に、俺も頷いてみせる。ええっと……なに、これ？

「それではそれはなに？」

「……お皿？」

「正解。あれは？」

「ドリンクバーの機械……って、何してんだこれ？」

首を傾げる俺に、桐生は浮かべた笑顔のままで口を開いた。

「現代国語の基本は『こそあど』よ」

「……こそあど？　こそあどって……これ、それ、あれ、どれ、ってヤツですか？」

「正解。現代国語って何を聞かれているか分からない！　っていう人が多いけど、実際はこそあど言葉の組み合わせなのよ」

「……小学生みたいな話だな」

それ聞いたの、小学校の頃の記憶があるが……今更聞くことになるとは。

「東九条君、正解。国語の問題というのは、文章の難易度の差こそあれ、基本的には『この文章では何が言いたいのか、分かる？』というのが問われているだけなの。だから、語彙力があって、読解力があって、解答力のある中学生ぐらいの子なら大学入試の模試受けてもそこそこ点数が取れるのよ。だって、基本的な問題に対する思考の方向性は一緒だから」

「……マジか」

「少なくとも、数学や物理の大学入試問題よりは解きやすいのは事実ね」

「やっぱり国語はセンスってことですか？」

今の話を聞いたらそう考えるわな。そんな瑞穂の質問に、桐生は黙って首を左右に振った。

「いえ、違うわ。センスなんて必要ないとは言わないけど、読解力と解答力は鍛えることが出来るもの」

「どうやって？」

「ズバリ言えば、本を読むことね。本を読んで、内容を理解し、人に説明出来るレベルで頭の中で整理が出来る様になれば、国語の点数は結構簡単に上がるわよ？」

「……道が遠すぎるんですけど……」

「まあ、今の説明は追試向きではないわね。だから、簡単な点数アップの方法は文章を幾つかに分解することね」

「文章を分解……ですか？」

「段落ってあるでしょ？」

「一文字下がってるヤツですよね？」

「そう。段落分けしてるっていうことは例外もあるけど、その段落で『別の話』が始まる可能性が高い、ということなの。前の話と後ろの話で関連性が薄くなってきたら、段落を付けるのね。これは、裏を返せばその段落の中で言いたいことが必ず一つはある、ということなのよ」

「……ほう」

「だから、段落の中で『これが言いたいんだな』ということが分かれば、そこにラインを引いておくの。長い文章を読むのが不得意でも、数行とか数十行の段落なら読むのはそんなに苦じゃないでしょ？　東九条君、数ページのエッセイなら読めたじゃない」

「確かに」

「国語が苦手な子って文章を最初から最後まで読んで、意味を纏めようとするんだけど……あんまり、得策じゃないのよね、それ。そもそも国語が苦手な子の多くは本を読むのも好きじゃないから、文章を読みなれてないのよ。そうすると、長い文章を読んで纏めようとしても、結局どれが結論か分からなくなっちゃうの」

「……」

「だから、まずは段落ごとに分けて結論を考える。それをテスト用紙の隅っこでもなんでもいいけど、書いておく。例えば段落が五つあれば、その話の中で五つの言いたいことが見えてくるはずよ」

「その『何が言いたいか』が分からないんですけど……」

「そこで『こそあど』よ。人間、だれしも主張したいことを繰り返すものだけど……でもね？　何度も何度も同じことを書くのは面倒くさいじゃない。だから『こそあど』で文章を書くの」

「……分かるか？」

「……分かった様な、分からない様な……」

　二人で顔を見合わせる俺らに桐生、苦笑。

「そうね……それでは問題、『私は林檎(りんご)を食べた。それはとても美味(おい)しかった』それ、は何を指している？」

「林檎だ」

「正解。それじゃ、次、『私は林檎を食べた。赤く熟し、まるで太陽の様に真っ赤な林檎。一体、私はそれの何に引かれたのだろうか？』この時のそれは何？」

「林檎です」

「正解。最終問題です。『私は林檎を食べた。赤く熟し、まるで太陽の様に真っ赤な林檎。それに口をつけた瞬間、私の脳裏(のうり)で過去の情景がまるで走馬灯(そうまとう)のように浮かびあがった。子供の頃食べた林檎。あれは本当に美味しかった。それに比べてこれはどうだ？　南蛮渡来(なんばんとらい)といわれ期待したが、あの時の感動とは比べるでもない』」

「……よくそんな文章がすらすら浮かぶな」

「茶化さないの。この中に出てきたそれ、あれ、これ、あの時はなに？」

「それは林檎、あれは子供の頃食べた林檎、これは今の林檎、あの時は子供の時、だろ？」

「正解！」

　そう言ってパチパチと手を叩いてみせる桐生。

「……馬鹿にしてんのか？　小学生レベルの問題だろ？」

「今は簡単にこそあど言葉を使ったけど、要は如何に早く指示語を見つけて答えを導くかって話だからね、現代国語って。後は『これ』といえば比較的近くに書いてある、『あれ』といえば遠くに書いてあるぐらい覚えておけば、言いたいことも大体理解できる様になるわよ。後は、問題文に合わして解答していくだけの話。まあ、この解答するのに解答力が必要になってくるんだけど……小テストの赤点回避でしょ？　なら、多少の解答力のなさは見逃してくれるんじゃないの？　部分点でも稼げれば、赤点回避自体は出来ると思うわ」

そう言ってメロンソーダのコップをピンとはじいてみせる。

「……そうそう。漢字は別よ？　あれは純粋な暗記科目だから。まあ、覚え方とかもあるにはあるけど……それは時間が掛かるし、付け焼き刃的で良いなら暗記するのが一番早い方法ね」

「……なるほど」

ふむふむと頷いてみせる瑞穂。

「……ありがとうございました、桐生先輩！　確かに私、今まで問題を最初から最後まで読んで解答してましたけど……でも、なんとなく活路が見出せそうです！」

「そう？　お役に立てて良かったわ」

瑞穂の言葉ににっこり笑う桐生。そんな桐生に瑞穂はもう一度頭を下げて。

「それじゃ私、帰って勉強します！　桐生先輩、ありがとうございました！」

そう言って、瑞穂は元気よく店内を後にした。

……あれ？　あいつ、会計してなくない？

「ふう……」

「はあ、はあ」

小テストの追試という、なんだかよく分からないものを乗り切った瑞穂。なんと九十二点という高得点を叩き出したらしく……先生に『出来るんだったら最初からやれ！』と物凄く怒られながらも、晴れて練習解禁と相成った。な、もんで今日も今日とて瑞穂のバスケ練習に付き合っていたりする。

「今日はこれぐらいにしとくか？」

流石に練習解禁となったものの、あんまり遅い時間まで練習するのは良くない。疲れだって取らなくちゃいけないし……なにより、智美に怒られる。

「……そうですね。今日はこれぐらいにしておきますか」

……お？　いつもなら、『えー！　イヤです！　もう少ししましょうよ！』とか言う瑞穂らしからぬ素直な態度。訝しむ俺の視線に気付いたのか、瑞穂が照れたように下を向く。

「ええっと……実はですね、今度の試合にスタメンで出ることが決定しまして」

照れ臭そうに頬を掻き、はははと笑う瑞穂。おお！　やったじゃねえか！

「そっか！　良かったじゃないか！　おめでとう！」

「あ、ありがとうございます……と言っても、所詮練習試合なんですけどね？　でも、此処でしっかり結果残せたら、次の試合でも使ってもらえそうなんで……ちょっと、頑張りどころなんですよ。なので、練習もっとしたいんですけど……」

……ああ、分かった。

「あんまり練習しすぎるなって顧問の先生にでも言われたか？」

「……非常に惜しいです。智美先輩に言われました。『あんまり練習してたら今度のスタメンを外す様に先生に言う！』って」

思わず苦笑が漏れる。おいおい智美、それはちょっと可哀想じゃないか？

「ううう……折角スタメンで出るんだから、もっと練習したかったのに……」

そう言って落ち込む瑞穂。まあ、気持ちは分からんでもないが……

「まあまあ、そう言うな。前から言ってるけど、俺から見てもお前は練習しすぎだと思うぞ？」

「……そうですか？」

「ああ」

「でも……私、身長も小さいし、バスケもそんなに上手くないから……」

「お前は充分上手いだろ？」

「そんなことないですよ……私なんて、まだまだです」

「……まあ、試合前は誰でも練習したくなるけどな。テスト勉強と一緒だ。遣り残したことはないか、覚えてないことはないか、ってな」

「……」

「……あれ？」

「……私、テスト前でも勉強しようと思ったことないです」

「……だから赤点取るんじゃないのか？」

自業自得だ、バカタレめ。

「……コホン。まあ、ただ、勉強はし過ぎて駄目ってことはないが、練習はし過ぎると逆効果だぞ？　体を休めるのも練習の内だ」

まあ、今まで『もっと練習しろ』と言われた奴を見たことはあるが、『練習しすぎだ』と言われた奴は見たことがないが。そう考えるとすげーな、コイツ。

「……分かりました。今日のところは、体を休めます」

そう言って肩を落とす瑞穂。なんだか散歩に連れてってもらえなくてしょげている犬を見ている様で、ついつい苦笑が漏れる。

「……しょうがないな。それじゃ、クールダウン代わりにスリーポイントシュートの練習でもしとけ」

「いいんですか！」

「……智美には内緒だぞ？」

「はい！」

泣いたカラスがもう笑った。嬉々としてシュートを打ち始める瑞穂に、俺は苦笑の色を強めた。

◇◆◇

「……そろそろ帰るぞ？」

丁度（ちょうど）、三十本目のシュートが決まった後、俺は瑞穂に声をかける。

「ええ……もうちょっと良いじゃないですか～」

「ダメ！　ほら、ボール貸せ」

渋々といった感じでボールをこちらに渡す瑞穂。恨めしそうな眼をしてこっちを見やがって……ふむ。

「……あ！」

瑞穂から貰ったボールを持って、俺もスリーポイントシュートを放つ。自分で言うのもなんだが、綺麗（きれい）な軌跡を描いたソレは、音もなくネットを揺らした。

「よし！　入った！」

「『よし！　入った！』、じゃないですよ！　ず、ずるいですよ、浩之先輩！　練習終わりって言ったくせに！」

「それはお前の練習。俺はいいの」

「ええ！　ずるい！　私もする！」

「ダメだ。俺ももうやめるから、お前も帰る支度をしろ」

尚もぶーぶー文句を言う瑞穂を宥め、俺らは帰路に就く。瑞穂は自転車通学であり、自転車で帰れば良いのになぜだか頑なに『駅までは一緒に行きます！』とついてくるのが日課だ。

「……それにしても、先輩スリーポイント上手いですよね？」

「そうか？」

「ええ。なんかシュート成功率高い気がします」

「アホみたいに練習してたからな」

「スリーポイントを？」

「ああ」

「……普通、もっと成功率の高いシュート練習しません？　ギャンブルとまでは言いませんけど……ガードがすることじゃない様な気もします」

「そうとばっかりも言えんが……まあ、お前も分かると思うけど、俺らの身長とか体格でゴール下なんて行っても話にならないだろ？　上からも横からも圧力掛かって直ぐにペシャンコだよ」

「……ああ、それはあるかもです」

「それなら、アウトサイドのシュート練習をしようと思ったんだよ。そんで、どうせならってことで、スリーポイントシュートの練習を、ちょっとな？　得点以上に精神的ショックが大きいだろ？　スリーポイントって」

実際、ゴール下を固められて外が甘くなることは試合でもままある。ボール運びしながら、パスコースを探してもない時は自分で打つしかない。スリーポイントが決まりだせば外も警戒しないといけないし、そうなると今度は中が甘くなる。

「……なるほど。そうですね。そう言えば秀明も結構スリーの練習してましたけど……」

「俺が教えたからな」

「ズルい！　なんで私には教えてくれなかったんですか！」

「なんでって……」

まあ、プレースタイルが若干違うからな、俺とコイツじゃ。俺はどっちかって言えば正統派……正統派？　まあ、スタンダードなガードだが。

「お前、トリッキーなパスとか出すの好きじゃねーか。アレで十分相手の意表もつけてるから、別に良いかなって」

ちなみに俺、智美、秀明、茜、瑞穂のバスケガチ勢の中でノールックパスが一番上手いのは瑞穂だったりする。なもんで、本来瑞穂の持ち味はワン・オン・ワンではなく、普通の試合形式で生きてくる、周りを上手く活用するタイプだ。

「……トリッキー過ぎてついていけないって言われてますけど、それは……？」

「相手側との意思疎通もあるからな、パスは。まあ、その辺はこれからおいおい慣らしていけば良いだろ。独りよがりにならない様に」

「はい！」

「……まあ、お前のプレースタイルはそのままで良いと思うが、スリーポイントはなるたけ練習しとけ。それこそ、ノーマークなら絶対外さないってぐらいにな。それだけで、プレーの幅も広がるし」

俺の言葉に頷く瑞穂。うむうむ。ちゃんと話を聞いてくれてお兄さんは嬉しいよ。

「さて、それじゃ帰るか。御疲れさん」

駅に到着し、俺は片手をあげる。いつもなら御疲れ様でした！　と瑞穂の声が聞こえて解散になるところだが、何故だか瑞穂は自転車に乗る様子がない。

「どうした？」

「いえ……あの……」

「……なんだ？」

「じ、実はですね。その……さっきの練習試合なんですけど……その、今までお世話になった浩之先輩に、練習の成果を見てもらいたいなー……みたいな」

何処か照れ臭そうに、こちらをチラチラと見ながらそんなことを言う瑞穂。練習試合？

「おう。行く行く」

「ほ、ホントですか！」

「うお！　なんだよ？　そんなに珍しいか？」

急に大声を出す瑞穂に少しだけびっくり。いや、行くよ、試合観に行くぐらい。なんだ？

俺、そんなに付き合い悪いと思われてたのか？

「いえ……浩之先輩、バスケやめてから試合を見に来てくれたこと、なかったから」

「……あー」

付き合い悪かったのね、ごめん。

「……いや、すまん。今度は大丈夫だ。ちゃんと見に行く。いつなんだ？」

「今週の土曜日です！　時間は十時からで、ウチの学校の体育館です！」

「三日後ね。大丈夫だ、行ける」

「ありがとうございます！　うわー、百人力ですよ！」

両手を挙げて『ばんざーい』と言ってみせる瑞穂。おい、馬鹿、恥ずかしいからやめろ。

「……まあ、折角（せっかく）観に行くんだ。恥ずかしい試合、すんなよ？」

「誰に言ってるんですか、浩之先輩！　私がそんなみっともない真似（まね）、するワケないでしよ！」

そう言って瑞穂はピースサインを作って。

「なんと言っても私、浩之先輩の一番弟子ですから!!」

第三章　その努力は、報われず。そして、努力をすることすら、取り上げられる。

迎えた、練習試合当日。

「……なんか……ドキドキするわね」

「そうか？」

そんなに強い学校同士の練習試合でもなく、対外的に別に宣伝を打っているわけでもない試合であり、当然、体育館内はガラガラ。そんな中、『川北さんの試合？　そうね、私も行くわ』と言ってついてきた桐生と二人、二階の手すりからコート内を見渡す。他に観客の姿は見当たらず……まあ、ゆるーい感じでスタートしている。緊張する要素、なくね？

「バスケの試合を見るのは初めてだから……あ！　鈴木さんだ」

「おう」

白いユニフォームに背番号は『7』を付けた智美が姿を現す。ジャージ姿の後輩と思しき女子からボールを受け取ると、ドリブルをダンダンとついてレイアップシュート。綺麗に決まったシュートに思わず桐生が手を叩くと、その音に気付いたのか智美が視線をこちらに向けて、少しだけ驚いた顔をしてみせる。

「あれ？　ヒロユキと桐生さん？　どうしたの？」

「瑞穂に見に来いって言われたからな。出るんだろ？」

「うん。でも、ヒロユキ？　見に来るんだったら見に来るって言ってよね！」

「悪い悪い」

「うー……ま、いっか。それじゃヒロユキ、桐生さん？　私の格好いいとこ、ちゃんと見てよね！」

グイっと親指を上げる智美に片手をあげて応える。そんな俺にニカっと笑った後、智美は後輩女子に何か声を掛けて俺らの方を指差した。

「……何かしら？」

「……さあ？」

桐生と二人、首を傾げる。と、体育館にいた女子が屋内から出ていく姿が見えた。そして、ほどなく。

「……なんかすいません」

「いや、こっちこそ。悪いな」

数分後、一人の一年生部員がお茶のペットボトルを持ってアリーナに上がってきた。ご丁寧に、俺と桐生の二本分だ。

「……なんで？」

「ええっと……智美先輩からの差し入れらしいです」

その台詞には、思わずずっこけそうになったが、有り難く頂くことに。更にその一年生部員、

「メンバーの解説とかをしてこい、って言われまして……」

と、いうことで、何故か一年生女子部員の解説（お茶付き）あり観戦と相成った。つうか、良いのか？　こんなことさせて。

「ウチのバスケ部、そこまで厳しくないですから。なので、試合中に一年生が上で先輩に解説役させても誰もなんにも言いませんし」

「そうか……」

良いのか、それ？　首を傾げる俺に、その一年生部員は遠慮がちに声を掛けてきた。

「ええっと……先輩？」

「なんだ？」

「あの……私のこと、覚えています？」

唐突にそんなことを言い出す女子部員。覚えていますって……

「……？」

「私、先輩と同じ中学でバスケしてたんですが……」

そう言われ、マジマジと女子部員の顔に目をやる。うーん……そう言われればどっかで見たことがあるような……って、あれ？　あー！

「……藤原か？」

「はい！」

「藤原理沙？」

「そうです、藤原理沙です！　覚えていてくれたんですね！」

そう言って、顔を綻ばす藤原。そうだそうだ、藤原だ！　俺らの中学の一個下でシューティングガードをしていた、笑顔の可愛い子だった。

「お知り合いかしら？」

「中学の後輩で……アレだ。瑞穂とか茜の同級生だよ。そっか、藤原か。わりぃ、最初は全然分からなかったよ」

「いいんですよ、思い出していただいたし！」

「それにしても、変わったな……」

女は怖い。たった二年でこんなに変わるもんなんだな。全く分からなかったぞ。

「あ、始まりますね！」

藤原の言葉で、コートに目を戻す。両チームのスタメン五人が出てきた。瑞穂はポイントガードで……智美がシューティングガード？

「フォワードじゃないのか、智美」

「智美先輩、器用ですから。先生も色々と考えているみたいです。それに……瑞穂の相手が、ホラ」

そう言ってコート内を指差す藤原。相手のポイントガードは智美と同じくらいの背丈で、瑞穂とは優に二十センチ以上、見ていると可哀想なくらい身長差がある。明らかなミスマッチだろう。

「……アレだけ身長差があって大丈夫なものなの？」

「……流石に少し厳しいか？」

「そうですね。アレだけ身長差があるとちょっと苦しいんで……智美先輩がもう一枚のガードでボール運びをフォローしつつって感じです」

「なるほどな」

藤原の言葉に相槌だけ返し、視線はコートに釘付け。コートの中央に陣取った両チームのセンターのジャンプボールで最初の攻撃権を得たのは……我が校だ。

「速攻！」

智美の檄が飛ぶ。身長の高い選手がそのままランニングシュートを決め、小さくガッツポーズを決める。

「……やるな」

「今のは二年の陽子先輩です。ガードとフォワードを器用にこなす選手ですよ」

藤原の言葉に小さく頷く。相手チームはゆっくりとパスを回しながら……ああ、なるほど。そうなるよな。

「……ミスマッチを攻めてくる、よな？」

「……そうですね。かなりの身長差ですから」

対して瑞穂は、腰を低く落とす構え。うん、良いディフェンスだ。相手も瑞穂のディフェンスに少しばかり警戒しているのか、その場でドリブルを続けて。

「……あ！」

隣で小さく桐生が声を上げる。相手選手が、ファールギリギリの際どいプレーで瑞穂を抜き去ったのだ。慌てて食らいつくも簡単にレイアップを決められ、相手のポイントガードは自陣に戻る。元々体格差のある二人、こうなるのは仕方がない。

「ドンマイ！」

智美が瑞穂に声をかける。コクンと頷き、瑞穂もオフェンスへ。パス回しを続けた後、やがて瑞穂にボールが回った。

「こい！」

対する相手チームのポイントガード。憎いぐらいに良いディフェンスをしやがる。瑞穂はゆっくりドリブルをしながら、じりじり間合いを詰める。ドリブルを警戒しているのか、相手のガードはつられる様に後ろに下がった。

……今しかねえだろう。

俺の気持ちが通じたのか、瑞穂がシュートモーション。慌てて間合いを詰める相手選手だが
……もう遅い。

放たれたボールは、綺麗(きれい)な弧を描きゴールに吸い込まれた。

「よし！」

思わず席を立ち、ガッツポーズを決める。そんな俺に、少しだけ驚いた様な表情を浮かべる

桐生。

「……驚いた。貴方、もう少しクールかと思ったんだけど？」

「……つい。悪いな、大声出して」

いかん、ついつい声が出てしまった。気恥ずかしくなってそっぽを向く俺に、桐生は優しい笑顔を浮かべてみせる。

「良いじゃない。私は嫌いじゃないわよ？　そんな『熱い』貴方も」

「……うるせーよ」

照れ隠しに悪態をつき、視線をそらすように眼下の瑞穂に向ける。

「……」

俺の顔をちらっと瑞穂が見た後、小さくガッツポーズを決めてくれる。うむ、良くやった！　えらいぞ、瑞穂！

「……ああ、それで」

「……なんだ？」

「いえ、最近瑞穂のプレースタイルが変わったなって思ってたんです。誰かに似てると思ってたんですけど……あのスリーポイント、東九条先輩そっくり」

苦笑しながら横目でこちらを見やる藤原。

「……そうか？」

「シュートのタイミングも、相手との間の取り方も良く似てます。そりゃ瑞穂、上手くなるはずだわ」

「……」

「さ、先輩！　これから瑞穂のプレー、良く見ててくださいね！」

ハーフタイムを挟み、試合は後半のピリオドへ。スコア自体は五十六対四十、ウチの高校のリードで試合を折り返した。

「瑞穂！」

「はい！」

中で相手を引き付けていた智美が、スリーポイントラインで待つ瑞穂にパスを出す。ぐっと膝を落としてタメを作り、ジャンプした瑞穂の手から放たれたボールは綺麗な放物線を描く。

「「「――スリーっ！」」」

パシュと音を立てて、リングに掠(かす)ることすらせずにボールはゴールに吸い込まれる。

「「「イエスっ!!!」」」

本日六本目の瑞穂のスリーポイントシュートが決まった。隣の桐生が興奮した様に両手をぱちぱちと叩く。

「凄(すご)い！　川北さん、凄いわね！　あんなにスリーポイントシュートって決まるものなの!?

打てば入るってぐらいに入ってるし！」

「いや……流石にコレは出来過ぎだと思うが……」

チラリと逆隣の藤原に視線を送る。と、視線を向けられた藤原は苦笑して顔を左右に振ってみせた。

「瑞穂を見ていて下さいと言った手前アレですが……凄すぎますよ、今日の瑞穂。神懸かってますね、これ。こんなの見たことないです」

だろうな。実際、スリーポイントはそうそう決まるものではないし、そもそもあまり打つ機会もない。ＮＢＡでもこんなにポンポンは決まらないだろう。

「ナイスシュート、瑞穂！」

「ナイスパスです、智美先輩！」

智美の上げた手にパンっと自らの手を合わせ、少し頬を緩める瑞穂。大活躍だ。

「っく！」

ボールは相手チームへ。敵のポイントガードがゆっくりとボールを運び、視線でパスコースを探す。マッチアップは瑞穂だ。身長差のある上に、瑞穂がしっかり腰を落とした良いディフェンスをしているため、普段以上に身長差が目立つ。抜き去りたいところだろうが、あんな低いディフェンスされたら、相手もやりにくいだろうな。

「あっ！」

視線が一瞬、瑞穂から逸れた隙を見逃さず、瑞穂がボールをスティール。慌てるポイントガードの横を颯爽と駆け抜ける。

「まずい！　フォローお願い！　その子、スリー上手いから！」

自陣にいる味方に声を張る相手ポイントガード。相手陣まで切り込んだ瑞穂に慌てて敵チームがマッチアップに入るも、もう遅い。瑞穂はしっかりとスリーポイントラインに足を揃えてシュートモーションに入り、ジャンプ。

「させない！」

そうはさせじと相手チームのフォワードがブロックに入る。身長差は歴然、このままでは絶対に止められるだろうというシュートを。

「――まあ、ウチのチーム、瑞穂だけじゃないんだよね～」

瑞穂は後ろにノールックで放る。瑞穂の後ろに走り込んでいた智美がそのボールをキャッチすると、ゴール下のセンターに向かってドリブル。と、同時、瑞穂もたたらを踏む相手を置き去りにして智美に続いてゴール下に走る。

「瑞穂！」

智美からのバックパス。そのボールを受けた瑞穂がドリブルで切り込むと、相手チームのセンターが瑞穂にプレッシャーを掛けにきた。

「流石にセンター相手じゃ分が悪いですって！　私、チビなんですから！」

相手が前に出てきたところをしっかりと確認し、瑞穂がノーマークの智美にボールを戻す。がら空きになった相手ゴール下で、智美が悠々とレイアップシュートを決めてみせた。

「ナイスシュートです、智美先輩！」

「なんのなんの。瑞穂もナイスパス！　よくあそこにパス出したね～」

「いや～、長い付き合いですし？　絶対走り込んでると思ってましたから！」

嬉しそうに笑う瑞穂の頭をグリグリと撫でる智美。ふむ……

「……アイツらしいプレーが出たな。トリッキーというか……小馬鹿にしてるっていうか」

「……小馬鹿って。先輩、酷いです」

「そっか？」

「まあ、あれやられたらイラっとはするんですが……でも、相手にとってはやりにくいですよね、アレ」

「まあな。にしても……あいつ、あんまり連携上手くいってないみたいなこと言ってたけど、そうでもないのな？」

「あー……流石にまだ他のチームメイトは瑞穂のパス、全部は取れないんですが……智美先輩はほら、瑞穂と付き合い長いから」

「……なるほど」

流石、智美と瑞穂コンビってことか。

「もう！　なんなのよ、あの子！　あんな子、天英館にいた!?」

「愚痴(ぐち)っても仕方ないわ！　とにかく、あの子を止めよう！　まずはスリーポイントに注意よ！」

対する相手チームは相当ヒートアップしている様子。まあ、そりゃそうだ。あれだけ身長差があるのに、これだけ良いように弄(もてあそ)ばれれば腹も立つだろうな。

「……相手チーム、大分『かっか』してるわね？」

「だな。まあ気持ちは分からんでもないが……」

「やりたい放題だもんね、川北さん」

「まあな。これだけ好き放題されたらイヤにもなるだろう」

「……強かったのね、ウチの高校」

「どうだろう？　相手がそこまで強いところじゃないってのも大きいかな？」

「……辛口(からくち)ね。流石、元国体選抜」

「そういうわけじゃないんだが……もう一枚、攻撃の軸があればもっと良いよなって思ってな」

「……ちょっと良いですか？」

「うん？」

桐生との会話に遠慮(えんりょ)がちに手を挙げる藤原。なんだ？

「その……攻撃の軸になる為に必要な『もう一枚』って……どんな選手だったら良いですか？」

「どうした、急に？」

「……あれだけ瑞穂が活躍してるんですもん。私だって……その、試合に出たいですし……ちよっと、悔しいですから」

　少しだけ照れ臭そうにそう言う藤原。そんな藤原の態度についつい頬が緩む。バスケが好きで、試合に出たい！　と思える人間には単純に、好感が持てる。『悔しい』って思うことは悪いことじゃないしな。

「……外から瑞穂、中から智美で攻めるのが基本スタイルだとしたら、もう一枚、外から打てる選手がいればベターだな。そうすればより外にディフェンスを広げなきゃいけないし、瑞穂のパスも活きてくる」

「スリーポイントの練習、ですね……頑張ります！」

「藤原はゲームメイクも学んでコンボガード目指せよ。そうすれば瑞穂のシュート力も活きるし、ゲームに出る機会も多くなるぞ？」

「コンボガード、ですか……難しそうですけど、頑張ります！」

　そう言って『むん！』と両手を握ってみせる藤原。

「……ねえ」

「なんだ？」

「コンボガードってなに？」

「バスケでポイントガードとシューティングガードの両方をこなせる選手のことだ。ゲームを作るパス能力と、シュートもガンガン打って得点を稼ぐ能力の両方が要求されるな」

「川北さんみたいな人？」

「今日の試合では瑞穂もそんな感じだけど……アイツ、ちっさいからな。中では必ず当たり負けするし……」

その点、身長は藤原の方がデカいし。女の子に言う言葉じゃないけど。

「来たわよ!!」

と、コート内から相手チームの声が聞こえた。桐生との会話を打ち切り、視線をコートに戻す。ボールを持った瑞穂がゆっくりと相手チーム内にドリブルで進む。先程は速攻、今度はゆっくりとパスコースを探す。

「瑞穂、パス!」

逆サイドから智美が手を挙げる。そちらにボールを供給し、瑞穂は『本日の定位置』と言っても良いだろ、スリーポイントラインに足を揃える。マッチアップの相手のポイントガード、よほど瑞穂のスリーが堪(こた)えたのか、瑞穂にぴったりとマークに付いた。

「瑞穂!」

相手のディフェンスを上手くかわし、瑞穂が智美のパスをキャッチ。慌てた様に相手チームのポイントガードがチェックに入ると同時、瑞穂もシュートモーションに入る。

「させない!」

随分(ずいぶん)、熱くなっているのだろう。相手のポイントガードは瑞穂のシュートモーションに合わせるようジャンプ。そんな相手ポイントガードにニヤリとした笑みを浮かべ、瑞穂はドリブルで中に切り込んだ。

「……よし！」

……そう、外のシュートが決まりだすと、こういうこともままある。これが、俺ら背の低いバスケ選手の生きる道だ。

智美が、親指を上げてにっこり微笑む顔をしてるのが見て取れた。瑞穂は、相手ガードを抜き去った後、ゴール下に切り込む。ノーマークだ。そのままボールを摑み一歩、二歩。レイアップショートの体勢に入った。俺の拳にも力が入る。やがて瑞穂は、宙を舞う為に地面を蹴って。

——そのままコートに倒れこんだ。

バスケットボールの弾む音だけが、体育館に木霊する。皆、息を呑んだように瑞穂を見つめていた。当の瑞穂は膝を抱えたまま、ゴール下で蹲っている。

「瑞穂っ！」

自分でもびっくりするぐらいの大音声。俺の声で、呆然としていた皆の目に生気が宿る。

「瑞穂！」

始めに動いたのは智美。他の皆も智美の下に駆け寄る。そんな皆に笑顔を浮かべようとして、失敗。瑞穂は苦悶の表情を浮かべたまま、膝を抱え、そのまま動かなかった。

いつまでも……いつまでも。

瑞穂の収容された病院はこの辺りではスポーツ医学ではそこそこ有名で、俺自身も何度か世話になった病院だった。

「……靭帯？」

「……ええ。前十字靭帯損傷」

病室の前の廊下では、智美が疲れたように顔を伏せている。瑞穂が体育館で倒れてから、既に四時間。時計の針は午後七時を指している。他の部員たちは心配そうな顔をしながらも帰っていき、部外者たる俺に最後の面会が回ってきたってわけだ。隣では桐生も心配そうな顔を浮かべている。

「……その……治るのか？」

「……ヒロユキもバスケやってたんだから解るでしょ？　不治の病ってわけじゃない。普通の生活は出来るわ。でも……今みたいに、競技レベルのバスケをしようとすれば……手術しなくちゃいけない」

言葉を失くす。バスケットに限らず、スポーツ選手は多かれ少なかれ『持病』ってヤツを持ってる。身体ケアもスポーツ選手にとって重要な練習の一つ。一つだが……

「……ヒロユキ」

今にも泣き出しそうな表情で、智美が俺を見やる。

「……どうしよう……瑞穂……瑞穂……」

「智美」

「私が……私がもっとちゃんと見てあげれば……そうすれば……」

「……智美」

智美の肩にそっと手を置くと、智美の体がびくっと一瞬震えた。一杯に開いた目には涙が溜まり、ゆっくりと頬(ほお)を伝って落ちていった。

「ヒロユキ……ヒロユキ……」

智美は俺の胸にすがりついて泣き出した。俺は背中をポンポンと叩く。

「……ごめん、ヒロユキ」

「気にするな」

十分ほどそうしてただろうか？　智美は顔を上げる。

「……本当につらいのは瑞穂だもんね。行ってあげて」

智美の言葉に首肯(しゅこう)。隣にいる桐生に視線を向けると、黙って横に首を振った。

「……私は鈴木さんと一緒にいるわ。貴方(あなた)が行ってあげた方が……きっと、川北さんも喜ぶだろうし。私が隣にいるよりも、ね？」

その言葉に小さく頷(うなず)き、俺は病室のドアを開けた。

「……誰？」

「……俺。浩之」

「……ああ。浩之先輩ですか～」

薄暗い病室で、瑞穂のいるだろう辺りに声をかける。

「……電気ぐらいつけろよな？」

そう言って、病室の電気をつける。病室の奥にはベッドがあり、テレビ、小型の冷蔵庫なんかが備え付けてある。個室だ。

「……具合はどうだ？」

なんとも言えない俺の問いかけに、瑞穂は苦笑しながら自身の足を指差してみせる。

「どうだ……と言われましても……見てたでしょ？」

そう言って苦笑を返す瑞穂。それにつられて俺も苦笑を返す。良かった。思ったより元気そうだ。

「派手に転んだな？」

「ええ。相当派手に転んじゃいました。浩之先輩……見てましたよね？」

「ああ。しっかりくっきり見させてもらったぞ」

「うう……恥ずかしすぎる」

そう言って布団を口元まで上げ、目だけでこちらを見る瑞穂。その愛らしい姿に苦笑を微笑みに変え、俺も近場の椅子に腰を掛ける。

「途中までは凄く調子良かったんですよ？　もう、スリーポイントとかバシバシ決まって！」

「見てた。惜しかったな。つうかびっくりしたぞ。お前、上手くなったな？」

多分。

「今日は神懸かってましたんで！　もう、もの凄く調子よくて！　相手のガードの選手とか置いてけぼり！　みたいな感じで！」

いつも通りの、瑞穂を見て。

「すげー悔しそうな顔してたもんな、相手」

「そうなんですよね～。くそー！　残念だー！」

「……まあ、ゆっくり養生しろ」

「……はーい」

「スポーツしてりゃ、怪我なんてつきもんだ」

「……」

「智美も言ってたろ？　瑞穂は少し頑張り過ぎだって」

あまりにも――あまりにも、いつも通りの、その姿に。

「まあしっかり休んで、復帰第一戦でしっかり俺にプレーを見せてくれ」

そんなわけ、そんなわけ、あるはずがないのに。

「今日並みの、スーパープレーをな！」

きっと――俺は、考え違いをしていたんだろう。

「……んですか？」

瑞穂があまりにも元気に笑うから。

「ん？」

そうだ。

「——復帰戦なんて、いつになるっていうんですか！」

——平気なハズ、なんてないのに。

「……瑞穂」

突如病室に響く怒号。怒号の主……瑞穂に視線を向ければ、そこには目に涙を溜めた瑞穂の姿があった。

「先生に聞きました！　手術しなければ、二度とバスケは出来ないって！　それでも、部活に復帰出来るまで、一年は見てほしいって！　体の小さな私なら、最悪二年は見てほしいって！　二年ですよ？　もう、高校でバスケは出来ないんです！　ううん、手術しても絶対バスケが出来るわけじゃない！　靭帯は癖になるかもしれないって！　もしかしたら、一生バスケは出来ないかもしれない！　バスケが出来たとしても……今みたいにプレー出来るかどうか、わかんないですよ！」

「みず……ほ？」

「仮に出来るようになっても、二年間のブランクがあるんです！　下手くそな……練習ぐらいしか取り柄のない私が……二年間もまともな練習が出来ないんです！　二年間ですよ？　浩之先輩、覚えてますか？　小学校の頃のコーチが言ってました！　『一日練習をサボれば、取り返すのに三日いる』って！　それじゃ、私は？　二年練習をサボれば、取り返すのに六年かかるんですか⁉　そんなの……そんなの‼」

「……」

「──もう、私はバスケが出来ません！　復帰戦なんてものはないんです！」

そう言って、布団をぎゅっと握り締め、瞳から涙を流す瑞穂。掛ける言葉なんか……俺にあるわけがない。

「……浩之先輩？」

どれくらい、そうしていただろうか。

「……どうした？」

瞳に涙を湛えたまま、瑞穂はこちらに視線を向ける。顔に浮かべた笑顔は、とてもとても儚げで。

「浩之先輩、私のこと、嫌いですか？」

「……突然、なんだ？」

「嫌い……ですか？」

「……嫌いじゃねえよ」

「良かった。嫌われてたら、どうしようかと思いました」

「……嫌いなヤツのバスケ練習に付き合うほど、暇じゃねーよ」

ですよね～と、笑って。

「じゃあ……浩之先輩？　私と、お付き合いしてくれませんか？　もう、バスケのことなんて忘れて――私と楽しく生きていきましょうよ？」

室内の温度が一気に下がった気がした。

「お前……何、言ってんだ？」

「お付き合いしてください、って言ったんです。私、そこそこ可愛くないです？　私とお付き合いして下さったら、浩之先輩の望むこと、なんでもしてあげますよ？　浩之先輩だって男子高校生ですし、そういうことに興味がないわけじゃないでしょ？」

そう言って妖艶に――今まで見たことのない表情で笑う瑞穂。

「……冗談はそれぐらいにしろ」

「いいじゃないですか。浩之先輩、私のこと嫌いじゃないんでしょ？　なら、私を抱いてくださいよ。私、経験もないし下手くそかも知れないですけど、一生懸命頑張りますから。だから――」

「瑞穂！」

俺の怒号にも、瑞穂は怯まず俺を睨みつけてきた。

「……私は……何をしたらいいんですか？」

「……」

「今まで生きてきた中の大部分の時間をバスケに使ってきました。その私から、バスケを取り上げて……私には、何が残るんですか？　なんにも残らないじゃないですかっ！　私に、価値なんてないじゃないですかっ！　だから、お付き合いしてください！　抱いて下さいよ！」

大きく息を吸い込んで。

「私に『価値』があるって、浩之先輩が教えて下さいよっ!!　バスケをやめても、私には価値があるって、浩之先輩が教えて下さいよっ!!」

「……瑞穂！　少し落ち着け！」

首を左右に振る瑞穂の肩に手を置こうとして、その手を振り払われる。

「……努力が私を裏切ったとしても、私は努力を裏切りたくないのに！　その為に、今までずっと頑張ってきたのに！　苦しくても、悲しくても、辛くても、私は努力をし続けてきたのに！　試合に出られなくても、頑張ってきたのに！」

「……」

「努力だけが私の取り柄だったのに！　努力しか私にはなかったのにっ！　そんな……そんな努力を取り上げられて……」

——努力を裏切った私に、一体、何が残るのか、と。

「……瑞穂」

「……帰って下さい」

「いや、だが！」

「帰って下さい！」

瑞穂の怒声が、部屋に響く。

「……帰って……くだ……さい。今は……誰の顔も、見たくないっ!!」

後に響くのは……瑞穂の泣き声だけだった。

第四章　瑞穂の為に、出来ること。

瑞穂の怪我から一日。なんとも言えない無力感に包まれた俺は、何をするでもなく、ただベッドの上で寝転がっていた。昨日、前十字靭帯について少しネットで調べた。瑞穂の言ったとおり、靭帯の怪我は長期間に渡るリハビリが必要らしい。

「……くそ！」

何度目になるか……俺は部屋の壁を殴る。理不尽だ。この上なく、理不尽だ。俺は、そもそも神様なんか信じちゃいねぇ。『貴方は神を信じますか？』なんて駅前で言われても苦笑して通り過ぎるぐらいに。それでも、今回ばかりは神様を怨んだ。誰よりもバスケが好きで、誰よりも真剣に練習に取り組んでいる子から、バスケを奪うなんて……性格が悪すぎるぞ、畜生め。

「……」

そして――その責任の一端は、間違いなく俺にもある。

「……練習、させ過ぎたか……？」

もし、あの時、練習を止めていれば。

そんな、考えてもどうしようもないことが浮かんでは消える。あの時、俺が練習を止めていれば、もうちょっとセーブさせていれば、そうすれば瑞穂は――

「……くそ……」

もう一度、壁を殴ろうとした時だった。

「……電話か……って茜？」

机の上のスマホが鳴る。着信を見ると、そこには茜の名前があった。

「……なんだ？」

『おにぃ？　おはよ』

「……おう」

『その……聞いた。瑞穂のこと。理沙から』

「……そっか」

『……責めてない、おにぃ？　自分のこと』

「……エスパーかよ」

『……分かるよ。でもね？　おにぃのせいじゃないよ。ううん、誰のせいでもない』

「……」

『……こんなこと言っても慰めだよね？　ごめん』

「……いや」

『それでさ？　その……理沙から電話貰ったって言ったじゃん？　それで……理沙と雫がおにぃに会いたいらしいんだ』

「藤原と……誰だ？」

『雫だよ。有森雫。私たちの代のセンターだった子！』

「……ああ。あの大きいヤツか」

身長は高いし、どっかのスクールで小学校からバスケしてたらしいから上手かったけど、いまいち印象にない。どっちかと言えば内気なヤツだったイメージだし。

『おにぃ、絶対ソレ言っちゃダメだよ？　雫、身長高いの気にしてるんだから。それでね？今、実家の近くの公園にいるって。その……もしよければ、行ってもらえない？　瑞穂のことで話したいことがあるって』

「……実家の近くの……ああ、あそこか」

『……行ける？』

「……そうだな。ちょっと時間が掛かるけど、良いか？」

『うん、それは大丈夫だと思う。一応、電話はしとくね？』

「分かった。それじゃ、俺も直ぐに出る」

電話を切り、俺は部屋の外へ。と、廊下では心配そうにこちらを見やる桐生の姿があった。

「……東九条君」

「……ちょっと出てくる」

「……うん。気を付けてね？」

「ありがと。それと、ごめんな？　うるさかったろ？」

「……ううん、良いの。その……あんまり、思いつめないでね？」

そんな桐生に苦笑を浮かべ、俺は家を出て駅に向かう。電車を乗り継いで、実家の最寄り駅に着いた俺は、一路公園を目指す。

「……よう。悪い、待たせたな」

「あ！　先輩……急にすみません」

「すみませんでした！」

公園内のベンチに腰掛ける女子二人に声を掛けると、昨日も会った藤原と、久しぶりの再会となる有森が、ぴょこんと立ち上がって礼をする。その二人に目線だけで座る様に促し、俺も二人の隣に腰を降ろす。

「その……すみません、急に」

「いいさ。藤原は昨日ぶりで……有森は久しぶりだな。天英館だったのか？」

「ご無沙汰してます、東九条先輩！　そうですすよ、天英館です」

そう言ってにっこり笑う有森。なんだか昔の姿とかけ離れた明るい笑顔に少しだけびっくりして……そして、その姿がなんだか懐かしくて、昨日からしかめっ面しか浮かべてなかった俺の顔にも笑みが浮かぶ。そんな俺にもう一度笑顔を返して、有森は口を開いた。

「今日、瑞穂のお見舞いに行ってきました」

「そっか……部活の合間にか？」

「いいえ。昨日あんなことがあったので……まあ、今日と明日と明後日、部活は休みです。なんか安全対策がーとかで」

「……試合中の怪我だろ？」

「ウチ、そうはいっても進学校ですしね。そういうとこ、結構煩いんです。屋上の出入りは自由なくせに」

そう言って肩を竦める有森。

「……今日のお見舞いで瑞穂の所に行ってきたんですが……瑞穂、バスケ部をやめるって言ってました」

「ちょ、ちょっと雫！」

「回りくどい話をしてもしょうがないでしょ、理沙？」

「そ、そうだけど！　でも、順序とかあるでしょ！　す、すみません、東九条先輩！」

「いいさ。いいけど」

それを、なんで俺に言う？　そんな俺の疑問を受け取ったのか、有森はにっこりと笑って。

「単刀直入に言います。東九条先輩、なんとかしてください」

有森の言葉に、俺どころか藤原までも目を丸くする。

「雫！　いきなり何言ってんのよ！」

「理沙、ちょっと黙ってて」

有森はそう言うと、視線を俺に固定する。

「先輩、瑞穂とは浅からぬ仲でしょう？」

「浅からぬって……そりゃ、まあ……浅くはないけど」

「中学時代から瑞穂と東九条先輩を見てますからね。あの子、昔っから東九条先輩に懐いてましたし……知ってます？　最近、あの子のプレースタイルが変わったの？」

「智美(ともみ)の真似(まね)をしてたとかいうヤツか？」

「そうです」

　そう言って溜息。

「あの子、どれだけ智美先輩とか同期の私たちが言っても聞かなかったのに……それがどうです？　ここ数日足らずの間で、瑞穂のプレーは劇的に変化しました。まあ、正確には元に戻ったという意味ですが……先輩、瑞穂と練習してたんですよね？」

「……ああ」

「私らがあれだけ言ったのに聞かなかったあの子が、先輩の一言でコロリとプレースタイルを変えたのには若干嫉妬(じゃっかんしっと)しましたが……まあ、それはいいです。ここで重要なのは『瑞穂は東九条先輩の意見なら素直に聞く』という一点です」

「……バスケの時だけだろ？」

「他ならぬそのバスケの怪我で、彼女はバスケ生命を絶とうとしています。聞く余地は……少なくとも、話してみる価値はあるんじゃないですかね？」

　そう言って、有森はもう一度大きく溜息をついた。

「はっきり言うと、私は瑞穂がバスケを続けても、やめてもどちらでもいいと思います。そんなことで瑞穂の価値は変わらないし、私たちは彼女の友人ですから」

「……」

「ああ、誤解しないで下さい。私個人としては、瑞穂のプレーは好きだし、あれだけ真面目に練習に取り組む姿勢には好感を持ってます。三年の最後の時まで、瑞穂と一緒にコートに立っていたい、そういう気持ちはあります。ありますが……」

そう言って、寂しそうに微笑む。

「リハビリ、結構辛いんですよね～」

「……お前もやったのか？」

「小五の時に。私は靭帯じゃなくて半月板の方ですが」

「……そうか」

「手術して、一年間リハビリしました。リハビリ中は辛くて辛くて……体力的にももちろんですが、特に精神的に。ちゃんと練習出来るんだろうか？　試合には出れるんだろうか？　チームメイトとはどれぐらい差が開いてるんだろうか？　そもそもバスケは出来るんだろうか？

……辛くて、苦しくて、何度枕を濡らしたかわかりません」

「……でも……お前は復帰したじゃないか。そのことを、瑞穂に話してやれば……」

俺の言葉に、有森は静かに首を振る。

「無理ですよ。私とあの子では身長が違いすぎます」

「……」

「事実、リハビリから復帰して私は直ぐにレギュラーに戻りました。チームの中でも私はずば抜けて身長が高かったですから。バスケは身長じゃないとよく言われますが、それは、『身長差は技術で補える』って意味であって、『身長はいらない』って意味じゃないです。先輩にこういうことを言うのは失礼でしょうが……全く同じ実力の選手なら、当然背の高い選手を使うでしょ？」

「……ああ。その通りだ」

「……すみません、脱線しましたね。話を戻します。先程も言いましたが、私は別に瑞穂がバスケをやめるならやめてもいいと思っています。うちのバスケ部は実力も伯仲していますし、帰ってきて必ずレギュラーの座がある、という保証はありません。それならば辛いリハビリに耐えろ、と言うのは経験者として……何より友人として、口が裂けても言えません」

ああ、と思った。こいつは……有森は、藤原は、本当に瑞穂のことを心配しているんだな、と。同時になんでだか分からないけど、俺の胸に温かいモノが溢れた。

「瑞穂がバスケをやめるか、それとも手術を受けて続けるか。それは瑞穂の考えを尊重します。それでも……あの子が、瑞穂がそのどちらを選んだとしても、後悔をしないようにしてあげてほしいんです」

有森はそう言ってこちらに視線を向ける。言い辛そうに、口をもごもごとさせて。

「……どうした？　言いたいことあったら言えよ？」

「その……失礼かも知れないんですけど……」

「いいぞ」

「……その……東九条先輩、バスケをやめられたじゃないですか？」

藤原が『ちょっと雫！』と慌てた様に声を上げる。そんな藤原を、俺は手で制した。

「構わねーよ」

「そ、そうですか？　その……先輩もだと思うんですけど、瑞穂も……バスケ大好きな子で、ずっとバスケばっかりしてたじゃないですか？　やめるのは彼女の自由なんですけど……その……」

「……経験者としてやめた後のケアをしろ、と」

「……です。その、東九条先輩、今は……その、そんなに辛そうじゃないと言いましょうか……上手く言えないんですけど……楽しそうに、見えるので」

「大丈夫だ。言いたいことは大体分かるから」

「そうですか？　良かったです。それで、その、こんなこと頼めた義理じゃないのは百も承知ですけど……」

そう言って有森は頭を下げる。つられて藤原も。

「お願いします!!」

「お、お願いします!!」

二人揃って、深々と。

「頭を上げろよ」

「聞いてくれます?」

「……」

「聞いてくれるまで、頭を上げません」

「……分かった」

俺の言葉に、二人とも弾かれたように頭を上げる。全く……お前、幸せものだぞ、瑞穂。

「なんとかしてみようとは思ってたんだ。どこまで出来るか分かんねーけど……どのみち、俺もこのままでいいなんて思っていなかったしな。それと、お前らが頭を下げる必要はねー。お前らに言われるまでもなく、アイツは俺の可愛い妹分だしな」

そんな俺の言い様に、二人は目を見合わせてきょとんとした後、こちらに視線を向ける。なんだよ?

「いえ……瑞穂、可哀想にって」

「は?」

「なんでもないです! とにかく、よろしくお願いします!」

「任せとけ……と、言いたいところだが……どこまで出来るかは未知数だぞ?」

「分かってます。先輩が動かれてダメなら、その時は別の手を考えます」

「……あるのか?」

俺の問いかけに、有森はにっこり笑ってサムズアップ。

「甘いお菓子と、カッコいい男の子がいれば、バスケのことなんて直ぐ忘れられますよ! あの子だって女の子ですし!!」

　そう言って茶目っ気たっぷりに笑う有森。全く……

「藤原の時も思ったが……お前、そんなキャラだったか？」

　昔はもうちょっと大人しいヤツだと思ってたんだが……

「女は変わるんですよ、先輩？」

「……全くな」

「でも、いい成長でしょ？」

「……ああ」

「惚れました？」

「いや、そこまでは……」

「でも！　私、身長が百八十センチ以上ない人とは付き合わないって決めてるんです！　ごめんなさい！　お気持ちは嬉しいですけど、東九条先輩は範囲外です!!」

「人の話を聞け！　なんで俺、告白もしてないのにフラれてんだよ!!」

　全く……女子バスケ部は話を聞かない集団か？

　そう思いながら俺は苦笑して……

　――なあ、瑞穂。お前、神様に感謝しろよ？　こんな素晴らしい友人を二人も与えてくれたことに。

　そんな、さっきまでと正反対のことを考えたりしていた。

公園で二人と別れた俺は一路自宅へ。桐生と二人で暮らすマンションの最寄り駅に降りた俺は、自宅までの道を歩く。

「……ただいま」

「お帰り。思ったより早かったわね？」

家に帰り着き玄関のドアを開けると、スリッパをパタパタと鳴らしながら桐生が出迎えてくれた。よっ、とばかりに手を挙げると、少しだけ驚いた表情を見せた後に桐生が小さく笑みを浮かべる。

「……少しだけ元気が出たかしら？」

「どうだろうな？　元気が出たっていうより、悩んでも仕方ないかって感じか？」

「あら？　投げやり？」

「そうじゃねーよ。とりあえず、俺に出来ることをやろうかって話」

「そう」

そう言って嬉しそうに笑って桐生は俺の分のスリッパを出してくれる。礼を言ってそのスリッパをはき、リビングに着いた俺はソファに腰を降ろした。

「それで？　何処（どこ）に行ってたの？」

「あれ？　言ってなかったっけ？」

「聞いてないわよ。『ちょっと出てくる』としか」

コーヒーで良い？　という桐生に礼を言って、俺はずるずるとソファに体を埋める。しばしその体勢のままで体と頭を休めていると、コーヒーの良い香りが漂ってきた。

「ここ、置いておく？　それともそっちに持っていった方が良いかしら？」

「あー……いいや、俺がそっちに行くわ」

ソファから体を起こして、桐生の座るリビングのテーブルの前の椅子に腰を降ろす。『はい』と渡されたコーヒーに口を付けて一息。

「……それで？　何処で、何をしてたか教えてくれるの？」

「隠すことでもないけど……ちょっと後輩に呼ばれてな。昨日会っただろ？　瑞穂の同級生の藤原と……もう一人、有森っていうヤツ。今日、瑞穂のお見舞いに行ったらしい」

「……そう」

「そこで瑞穂、バスケやめるって言ったらしくてな。それで、まあ……その相談だよ」

ズズズとコーヒーを啜る。そんな俺を見つめ、桐生は少しだけ寂しそうに微笑んだ。

「……仕方ないわね」

「……お前もそう思うか？」

「高校生に与えられた時間は三年間だけど、部活の時間は夏に引退と考えれば二年と少ししかないわ」

「……まあな」

　強豪校なら三年生はウインターカップという冬の全国大会まで残ることはままあるが……ウチのレベルじゃ夏のインターハイ予選、物凄く上手くいってもインターハイ本番で引退だろう。

「川北さんの怪我は靭帯でしょ？　リハビリして、練習に参加して……それで、ようやく試合に出られる頃には引退が近いんじゃない？」

「……だな」

「……私も経験があるわけじゃないけど……リハビリは辛いって聞くわ。肉体的にももちろん、精神的にも。そんな厳しいリハビリに耐えても、報われるものがないなら……」

　きっと、私も努力は出来ない、と。

「……努力至上主義のお前でもか」

「努力至上主義ってワケじゃないけど……でも、そうね。人より努力している自負はあるわ。でも、それは報われるって信じているからよ？　報われない努力は……そうね、とてもじゃないけど出来ないわ」

「……なるほどな」

「……軽蔑した？　実りがないなら努力しないなんて考え方は……見返りがないと頑張らない姿は」

「いんや。そんなことはねーよ。俺だって同じだ。でも……瑞穂は報われなくても努力するって言ってたんだよ。努力が裏切っても、それは努力を裏切る理由にならないって」

「……強いわね、川北さん」

「そうだな」

「……でも、そこまで強い川北さんでも、バスケをやめたいと、そう思ったんでしょう？　それは……」

「そうなんだよな～」

瑞穂の場合、努力をし続けてきたから今の自分があると思っているフシがある。まあ、間違いではないが……だからこそ、努力が出来ない今の現状は随分参っているハズだ。

「……それで？　その後輩さんはなんて？　やめるのを止めてくれ、って？」

「……いや。やめるならやめても良いって。ウチの高校、実力は拮抗してるから、リハビリに耐えて試合に出られるまで回復してもレギュラーは難しいかもって」

「そうなの？」

「どうだろう？　瑞穂はあの中では上手い方じゃないかって思うが……まあ、チームメイトのアイツらが言うんなら間違いないんじゃないか？」

上手いのは上手いが、頭一つ抜けているというわけじゃないんだろう。身長の問題もあるし……なにより、怪我ってのは一遍やると癖になるし、どうしたって体のことを考えてプレーが散漫になりがちだ。靭帯がどうかは知らんが、俺の元チームメイトにも肩の脱臼癖がある奴がいたが、ゴール下の押し合いへし合いで肩を庇ったプレーしてたしな。俺が監督なら、そんな爆弾抱えた奴を試合で使いたいとは思わない。無茶苦茶上手いならともかく。

「……まあ、だからやめるかやめないかは瑞穂に任せるってさ。ただ、後悔のしない様に話をしてくれっていうのと……後は、やめた後のケアだな」

「ケア……ああ」

「経験者だしな、俺」

「そうね。ケアに関してはお手のモノじゃないの？」

「まあ、俺のは智美のお蔭もあるけどな」

「それじゃ、鈴木さんみたいに付きっ切りで面倒を見てあげる？」

「……」

それは……なんかちょっと違う気もする。上手くは言えんが。

「いやなの？」

「イヤっていうか……まあ、最終的には瑞穂が決めることだからな。ただ……まあ、俺もやめて全然後悔してないかって言うと……」

少しだけ、恥ずかしい。

「……まあ、やっぱり嘘になるんだよな。こないだの試合だって、興奮したし、バスケってやっぱ楽しいと……まあ、そう思うんだよ」

「……そう」

「もちろん、俺と瑞穂のケースは違う。俺は勝手に逃げただけで、アイツは強制的に奪われるんだから、そりゃ、全然違うんだけど……それでもな？」

上手くは言えない。上手くは言えないが……

「……良いわよ。上手く言おうとしないで。なんとなく……本当になんとなくだけど、気持ちは分かるもの」

そう言って俺の手を優しく包む桐生。不意打ちのそれに、驚いた様に視線を桐生に向けるとそこには微笑みながら、それでも不満そうに頰を膨らます桐生の姿があった。

「……なに？」

「……貴方は別に逃げたわけじゃないわ」

「……逃げただろ？」

「逃げたわけじゃないわよ。貴方は確かに体の怪我はしていないかも知れない。でもね？」

きっと『心』の怪我はあったのよ、と。

「……」

「貴方は別に逃げたわけじゃないのよ。だから、そんなこと言わないで？」

「……分かった。それと……ありがとう」

少しだけ照れ臭い。そう思い、そっぽを向く俺だが、それでも桐生が優しく微笑んだのは分かった。

「ふふふ。良いわよ。言ったでしょ？　私は貴方の味方だって」

「……言ったの俺だけどな？」

「良いの！　ともかく、一人で考えないでも良いのよ？　困ったことがあったら、私にも相談してほしい。何が出来るか分からないけど、私だって手伝うから」

「……さんきゅ」

……くそ。物凄く照れ臭いぞ、おい。でもまあ、そう言ってもらえるのは――ん？

「……おい」

「なに？」

「あれ、なに？」

そっぽを向いた視線の先、机の上のそれが目にうつる。

「あれ？　あれって……ああ、あれ？　なんか広報誌らしいわよ。私も気付かなかったんだけど、あんなの配ってるのね、この辺り」

桐生の話が右から左に抜ける。その広報誌の一面に載る、その記事に目を奪われて。

「……なあ、桐生？」

「なに？」

「お前……俺がアイデア閃いたって言ったら、付き合ってくれるか？」

「川北さんの件？　そりゃ付き合うけど……どうしたのよ？　なにか閃いたの？」

「……正直、どうなるかわかんねーけど……」

そう言って俺は机の上の広報誌を手に取って。

「……取り敢えず、明日の放課後ちょっと時間貰えるか？」

翌日の月曜日。学校に来た俺は、自身の机で手を頬に置いて窓際を眺める智美を見つけると、その傍に近寄って頭に軽くチョップを入れた。

「いたっ！」

「なに似合わねえことしてんだよ？　なんだ？　一丁前に落ちこんだのか？」

「……落ち込んだって……そりゃ、落ち込むよ。瑞穂は私の妹分だもん。その瑞穂が……」

そう言って涙を浮かべる智美。こいつ、基本的に感受性が豊かというか……まあ、周り大好きな奴だからな。瑞穂があんなことになった責任の一端を感じているんだろう。

「へこむなよ。へこんでも良いことねーぞ？」

「……ヒロユキは元気だね？　なに？　瑞穂のことなんかどうでも良いの？」

そう言って、少しだけ非難するような視線を向ける智美。そんな智美に、俺は大袈裟にため息を吐いてみせた。

「……お前それ、マジで言ってんの？」

俺の言葉にはっと目を丸くし、その後気まずそうに視線を逸らす智美。

「……ごめん。失言だった」

「ったく。まあ、いいさ。今のお前がそれほど参ってるんだって納得しておいてやる。そんなことより智美、今日は時間あるか？」

「時間？　今から？」

「アホか。今からは授業だろうが。放課後だよ、放課後。つうかあるだろ？　部活、休みって聞いたし」

「誰から？」

「藤原と有森。昨日、聞いたんだよ」

「……部活は休みだよ。でも、時間があるとは限らないじゃん。どっかに遊びに行くかも知れないし……」

……お前な？

「重ね重ね見損なうなよ？　お前の考えなんか分かるに決まってんだろうが、幼馴染。今のお前が瑞穂放っておいて遊びになんて行けるわけねーだろうが」

「……まあね。それで？　何かあるの？」

「学校終わったら、駅前のワクドに集合な。俺、掃除当番だから涼子と……それに、桐生と一緒に行っておいてくれ。良いか？」

「そりゃ、良いけど……なんで？」

「それは後で説明するさ」

俺の言葉と同時、『すまん、遅れた！』と担任の教師が教室に入ってくる。そんな教師を一瞥し、俺は軽く智美に『じゃあな』と手を振って自席に戻る。その後、ホームルーム、一時間目、二時間目と授業は進み、迎えた放課後。『じゃあ、涼子と桐生さん誘って先に行ってるね』と喋る智美に軽く手を挙げて、俺は教室の掃除に勤しむ。さっさと終わらせて早く行かねーとな。

「……なんだ、浩之？　デートか？」

そんな俺に掛かる声。藤田だ。

「智美と涼子と桐生の三人で？　なにその拷問」

マジで。一人一人ならともかく、三人一緒とかマジで拷問じゃん。

「くぅ！　羨ましいヤツめ！　お前、あの三人を前にしてそんなの言うのお前だけだぞ！　爆ぜろ！」

「爆ぜろって。良いからさっさと掃除すんぞ！　お前だって予定あんだろうが」

「残念ながら俺の予定はゲーセンに行くぐらいなんですー！　っけ！　リア充め！」

不満さを隠そうともしない藤田に肩を竦め、俺は掃除を再開。ほどなく掃除も終わり、俺は一路ワクド路を急ぐ。

「……よ。待たせたか？」

「ヒロユキ？　思ったより早かったわね？」

「そうだよ、浩之ちゃん。ちゃんと掃除したの？」

「……そう言えば貴方、家でも掃除手抜きだもんね」

「一生懸命掃除したからな。だから涼子？　ちゃんと掃除はしたよ。それと……桐生」

「なに？」

「お前にだけは言われたくない」

コイツ、『四角い部屋を丸く掃く』を地で行くやつだからな。

「し、失礼ね！」

「事実だろうが。それはともかく……待たせたな」

そう言って俺は視線をもう一人、少しだけ居心地悪そうに座る男に向ける。

「秀明」

「……俺、今初めて分かりました。美女三人に囲まれるって結構心臓に悪いっすね？　ちょっとだけ尊敬しました、浩之さんのこと」

「……そんな尊敬のされ方はイヤすぎる。それはともかく……忙しいのに悪かったな、秀明」

「ああ、昨日まで遠征行ってたんで今日はオフなんっすよ。だからそれは良いんですけど……どうしました？」

「瑞穂が怪我したのは知ってるか？」

「……はい、まあ。茜からメッセ来ましたから。今日はお見舞いに行こうかなって思ってたんですけど……」

「それは悪かったな。そんなに時間取らせないから、この後行ってくれ。それで、だ。今日集まってもらったのは他でもない」

そう言って俺はカバンの中を漁る……んだけど、なかなか見つからない。これは教科書で、これはノートで……あんまり綺麗に片づけてないツケがこんなところで出てくるかと思いながら……お？　あったあった。

「……実は、こんなの見つけてな」

皆に見える様に、テーブルの中央に『ソレ』を置く。四対八つの視線が俺が置いたそれに集まって。

「……なんすか、これ？　広報誌？」

「そうだ。そこ、見てみろ」

俺が指差した先に躍る文字に、秀明が顔を近づける。そこに書いてあった文字を読んで二、三度瞬きをした後、秀明が口を開いた。

「……第四回バスケット市民大会……っすか？」

「そうだ」

「ええっと……なにこれ、浩之ちゃん？」

はてな顔を浮かべてみせる涼子。視線をぐるりと回すと、桐生、智美、秀明も同じように頭の上に疑問符を浮かべている。

「来月……っていっても三週間後か？　市民体育館でバスケの大会がある。第四回だが、そこそこ盛り上がってる大会らしい。正南も参加するらしいぞ、この大会」

俺の言葉に秀明が驚いた表情を浮かべる。まあ、県内でバスケしてたら『正南』の名前は特別だよな？

「正南って……正南学園っすか⁉　去年のインハイ準優勝の⁉　あそこ、ウチの市じゃないじゃないですか！」

「なんでもウチの市長、正南のバスケ部OBらしい。町興しの一環で、正南学園を呼んでるらしいんだ。まあ、来るのは二軍以下だが……それでも正南の二軍だ」

「……そりゃ、強いでしょうね～」

選手層の厚さも有名だからな、正南学園。二軍っていっても、そこらのバスケ部のエースになれるやつらがゴロゴロいるし。

「……それで？　これがなんなのかしら、東九条君？」

「この大会、結構力が入ってるっぽくてな？　前回の優勝は男子は正南学園、女子は東桜女子だ」

「……全国レベルの高校じゃないっすか、どっちも」

「そうだ。加えてこれ、『男女混合』ってのがある。その男女混合なんだが、こちらも優勝チームは正南学園と東桜女子の合同チームだ。しかも、一年生主体のチーム」

「……強いチームと強いチーム混ぜたら強い、の見本みたいね。それで？　結局なんなのよ、ヒロユキ？」

智美の疑問の言葉に、俺は一つ頷いて。

「――俺らでこの大会、出ないか？」

しばし無言でじっと俺を見ていた四人。そんな空気を壊したのは桐生だった。

「……本気なの、東九条君？　バスケット大会に出るって……」

「本気だ。この大会に出て、優勝を目指す」

「優勝を目指すって……」

頭を抱えてヤレヤレとばかりに振ってみせる桐生。その後、少しだけ呆れた様にため息を吐いて言葉を継いだ。

「……私もバスケットは詳しいわけじゃないけど……正南学園？　東桜女子？　その二校は強いのでしょう？」

「県内ではぶっちぎり……とまではいかないまでも、かなり強いな」

「今年もその男女混合の大会に出てくるの、その二校？」

「たぶんな」

「ならば、その二校で結成された合同チームという昨年度の覇者に勝たないといけないということなのでしょう？　優勝する為には。勝てるのかしら、それ？」

「チームは同じだけど、きっとメンバーはガラッと替えてくるだろうな。去年は一年主体だったし、今年もだと思う。まあ、それでも難しいのは難しいだろうな。だがまあ、勝算自体は……皆が協力してくれるのであれば、ないわけじゃないと思う」

「……本当かしら？」

疑問符を浮かべながらも、それでも大人しく引き下がる桐生。と、続いて手を挙げたのは涼子だった。

「その……大会に出るってメンバーは誰？」

「此処(ここ)にいる全員だな」

俺の言葉に涼子がわちゃわちゃと両手を振ってみせる。

「無理無理無理無理！　私、運動神経悪いもん！　絶対足引っ張るよ！」

「男女混合は女子二人以上がルールだから、智美と桐生が参加してくれれば涼子に試合に出てもらう必要はない」

「じゃあ……」

「ただ……涼子にはサポートをお願いしたいんだ」

「サポート？」

「お前、マネージャーさせたらピカ一だろ？　手間をかけることになるが……その、ドリンクの準備とか、可能であれば敵チームの分析であるとか」

「練習場の手配、とか？」

「公園でやろうと思ってたんだが……」

「それぐらいなら市民体育館借りた方が良いよ。時間とお金は掛かるけど……その方が練習に集中できるだろうしね」

「……お願い出来るか？」

「それぐらいなら、ね？」

そう言って微笑(ほほえ)む涼子。さて、他に質問はあるか？　そう思い、視線を向けた先で智美が小さく手を挙げている姿が見えた。

「……その……それって、瑞穂の為、だよね？」

「……そうだ」

「それ、本当に瑞穂の為になるの？　私たちがバスケットをしている姿を見て……見てくれるかどうかも分かんないけど、ともかく、そんなことして役に立つのかな？　瑞穂、バスケットを続けてくれるのかな？」

不安そうな表情を浮かべる智美。そんな智美に、俺は首を振る。

「分からん」

横に。

「わ、分からんって！　じゃ、じゃあ！」

「だが、何もせずに『苦しいリハビリに耐えてバスケをしろ！』ってお前、言えるか？」

「それは……」

「瑞穂がどちらを選ぶかは分からない。もしかしたら、『私がこんな風になっているのに、自分たちばかりバスケをして！』と拗ねる可能性もある」

「……」

「……だが……バスケを遊び程度ではしていたとはいえ、試合なんかには参加していない、一生懸命練習もしていないそんな俺が、それでもその大会で優勝できる、せめて活躍出来れば……もしかしたら、瑞穂はバスケをやめないって選択肢を選ぶんじゃねーか？　『二年ブランクがあってもあそこまで出来るなら、私も』って、思う可能性はゼロじゃねーんじゃねえかと俺は思う」

「……ヒロユキと瑞穂は違うよ。ヒロユキは……上手いじゃん」

「それも含めて、後は瑞穂の選択だ。個人的には俺と瑞穂は似たタイプ、努力タイプだと思うが……まあ、そこは瑞穂の判断に任せる」

ただ。

「ただ……俺は、瑞穂に後悔はしてほしくない。他ならぬ……あの時、バスケから逃げた俺が、唯一今思ってることはそれぐらいだ」

「だから、貴方は！」

「いい、桐生。お前がそう言ってくれるのは嬉しいが……それでもやっぱり逃げたんだよ。逃げたって言い方が悪ければ捨てたんだよ、俺は。そして今、俺はそれを少しだけ、後悔もしてるんだ。あの時続けていればって、今まで一度も思わなかったかと言われれば……やっぱり嘘になるからな」

そう言って苦笑を浮かべてみせる。不満はありつつも、ある程度俺の言葉に納得したのか口を噤んだ桐生に笑みを浮かべ、俺は秀明に視線を送る。

「……お前はどうだ、秀明？」

「……瑞穂の為に何かしてやりたい、って気持ちはあります。正直、部活との兼ね合いもありますし、直ぐに返答は難しいですけど……」

「分かってる。無論、部活を優先するべきだ。瑞穂も大事だが、お前はお前の人生も大事にするべきだからな」

「お気遣い、ありがとうございます。でも、瑞穂の為に何かすることを苦には思いません。浩之さんにとっては可愛い後輩かも知れませんが……俺にとっても大事な幼馴染ですから」

「……そっか」

「それで……俺、個人のことで言えばさっき浩之さんが言ってた『勝算』です。勝てるんですかね？　正南と東桜女子のチームなんてドリームチームじゃないっすか。そんなチームに、本当に勝てるんですか？」

「ドリームチームばっかりが強いってワケじゃねーんだよ。言ったろ？　勝算はあるんだよ」

そう言って俺はスマホを取り出して、ある動画を映す。

「なんっすか、これ？」

「便利な時代だよな？　今ではなんでも動画に上がる。これ、去年の決勝の試合だ」

しばし画面を見つめる秀明……と、智美。おい、秀明？　智美と顔が近いからって顔を赤くするな、気持ちわるい。

「……これ、上手くパスが通ってない？」

「智美、正解。一人一人のレベルは低くないけど、それでもやっぱり急造チームだ。息が全く合ってない。相手がそこまで強くないからなんとかなってるけどな」

「……確かにそうっすね。それに……レベルは低くもないですけど、高くもないですね、コレ」

「一軍は参加していない。二軍は男子・女子それぞれの試合に出るんだぞ？　混合チームは必然的にレベルが低い奴らの集まりになるさ。一年主体だしな」

まあ、所詮それは比較論でしかないけど。正南や東桜女子に入るヤツが下手くそなわけないし。

「でもまあ、秀明は聖上のベンチメンバーだし、智美は東桜女子の推薦来てたんだ。レベルが段違いってワケじゃないだろ？」

「私は？　私、バスケ素人なんだけど？」

「バスケは素人だけど、桐生は運動神経抜群だろ？　ちょっと練習すればきっと上手くなるし……そこは戦略も練る」

「そう。なら、それで良いわ。貴方に騙されてあげる」

「ああ、騙されてくれ。尤も、騙してるつもりは毛頭ないがな？　ともかく……それじゃ、要点纏めるぞ？　相手チームは強い。強いが、個々人の個人プレーばっかり目立つチームだ。こっちは桐生が素人だが運動神経は抜群、俺と秀明、それに智美は小学校の頃から一緒にバスケやってるし、お互いのプレースタイルなんかも大体分かる。個人のレベルも決して低くない。個人練習と、チーム練習を何度かすれば、勝てる可能性は高いと思う」

どうだ？　と問う俺に、全員が無言。だが、否定的な意見は出ないところから、ある程度賛同してくれると――

「その……浩之ちゃん、秀明君、智美ちゃん、桐生さんの四人がメンバーで、私はマネージャー的なことをするんだよね？　でもさ、浩之ちゃん？　バスケは五人でするんだよ？　あと一人は？」

……痛いところを衝かれた。そうなんだよな。いいアイデアだと思ったんだが、実はこのアイデアの最大の弱点は、『四人』しかいないってところなんだよな。

「……もう一人は可及的速やかに探す、といいましょうか……誰かいない？　智美か秀明」

「男子バスケ部に頼むってのもちょっと、って感じかな～。女子バスケ部なら誰か助けてくれるかもだけど……流石に女子三人、男子二人じゃ勝てるものも勝てないんじゃないかな？」

「ウチは……俺だけならともかく、流石に校外の活動に出るのは……ちょっと厳しいっす」

「……だよな」

かといって俺もそこまで友達が多いワケじゃねーし。運動神経良いヤツがいれば取り敢えず勧誘って感じに――

「――あれ？　浩之じゃん？　どうしたんだ、こんなところで」

不意に掛かる声に、その方向を振り返ると、そこにはトレイにビッグワクドセットを載せた藤田の姿があった。

「……あれ？　あんまり歓迎されてない感じ？」

「いや、別にそんなことはないが……」

『よっ！』って感じで手を挙げた藤田だったが、俺含めて全員無反応。秀明と……『悪役令嬢』と罵られた？　っていうのか、あれ？　まあ、桐生はともかく、涼子と智美は反応ぐらい

してやれ。特に智美。クラスメイトだろうが、一応。

「ええっと……浩之さんのお友達っすか？」

「同じ高校の藤田だ。藤田、こっちは俺の中学校の時の後輩で古川秀明」

「どうもっす」

そう言って立ち上がり頭を下げる秀明に、藤田はニパっと笑ってみせる。

「おお、こんにちは。つうかでけーな。え？　俺よりもマジで年下？」

「お前と俺が本当に同級生ならな。まあ、コイツ、バスケ部だし」

「バスケ……そう言えばお前、バスケ上手かったよな～。なに？　中学校の時バスケ部だったの？」

「……一応な」

「だからこないだあんなに上手かったのか！　納得したぜ」

「ええっと……藤田も座る？　一人でワクドも寂しいでしょ？」

立ったまま喋る藤田に智美が席を勧める。一瞬、きょとんとした後、藤田は口を開いた。

「え？　俺？　良いの？　でも……」

そう言ってちらっと視線を秀明と桐生に向ける。

「俺は全然問題ないっすよ！」

「私も良いわよ？　藤田君、だったかしら？　貴方が良いのなら、ね？」

「……ソノセツハスミマセンデシタ」

「良いわよ。言われる私にも原因があるから」

そう言ってふんわりと笑う桐生。その笑顔に呆気にとられた様にポカンと口を開けた後、藤田は俺に視線を向けた。

「……おい、浩之。どんな魔法を使ったんだ？」

「魔法？」

「そうだろ！　だってお前、あの桐生さんだぞ!?　あの桐生さんが、あんな優しい笑顔を俺に――」

「……楽しくワクド食いたくないのか？　それ以上発言しないのが吉だぞ？」

「――藤田、黙ります」

何を言わんとしているか察し、先に釘を刺しておく。俺の言葉に気付いてくれたか、コクコクと首を縦に振りながら藤田は俺の隣の席に着くと、ビッグワクドの箱を開いた。

「……んで？　これ、なんの集まりだ？　なんか雰囲気、和気藹々と楽しんでいる様には見えなかったけど……困りごとか？」

「……まあな」

「……俺で良かったら話を聞くけど……」

「あー……」

……気持ちは非常にありがたい。ありがたいが……

「まあ、ちょっと……バスケの話をな」

「バスケ？　お前、帰宅部だろ？　なに？　バスケ部にでも入るのか？」

……まあ、そうなるよな。と、智美が何かに気付いたかのようにぽんと手を打ってみせた。

「そう言えば藤田、中学校の時とか部活してたの？」

「俺？　俺は陸上部だったぞ？　自慢じゃないが、県大会まで行った！」

「自慢だろうが、それ。つうかお前、陸上部だったの？」

体育の時にそんな話をした記憶はないんだが……つうかお前、そんなに足、速かったっけ？

「県大会に行くほど速いイメージはないが……」

「……失礼な奴だな、お前。まあ、専門は長距離だしな、俺。短距離はそんなに速くないんだよ」

「……長距離」

「……うん、言わんとしていることは分かる。短距離とか跳躍系に比べてどっちかって言ったら地味な方だしな、長距離。やると結構面白いんだが……いかんせん、速い奴はマジで速いからな。レベルが段違いなんだよ。だから高校ではやめたんだ」

「……なのに県大会まで行ったのか？」

「長距離って競技は走り方とかももちろん大事なんだけど……一番はスタミナと根性だからな。『もう無理！』ってなっても、とにかく足を前に出すことが重要なんだよ。中学校……つうか、県大会ぐらいまでならそれでなんとかなる。まあ、全国レベルになると話は別だけど」

「……昭和のスポ根みたいな話だな？」

「それに近いかもしれん。なもんで、さして才能のない俺でも県大会に行けたってワケ。競技人口も少なかったしな、ウチの地区」

そう言ってカラカラと笑いながらワクドに齧(かじ)りつく藤田。なるほど、確かに体力があればなんとかなる競技なのかもな、長距離って。

「……ねえ、藤田君？」

「ん？　どうした、賀茂(かも)さん？」

「藤田君、体力と根性には自信があるんだよね？」

「そりゃ、現役(げんえき)に比べれば全然だけど……まあ、ある程度は自信あるかな」

藤田の言葉に一つ頷(うなず)くと、涼子は視線を俺に向ける。なんだよ？

「浩之ちゃん、藤田君誘ってみない？」

「……は？」

藤田を？　おいおい！　ド素人だぞ、藤田！

「なになに？　なんの話？」

「なんの話って……まあ、アレだ。ちょっとバスケットの大会に出てみようかって話になっててだな？　んで、俺と智美と桐生と秀明の四人までメンバーは決まってるんだけど、あと一人がいないって話で……」

「おお！　そのラストメンバーとして俺に白羽の矢が立ったってわけだな！」

「いや、そうじゃなくて……」

「みなまで言うな、浩之！　任せろ！　俺がそのラストメンバーになってやる！」

「人の話を聞け！　立ってねーよ。言っとくけど、ガチで優勝狙うんだぞ？　お前、バスケの経験あるのか？」

「ない！」

「じゃあ……」

「だが、安心しろ！　俺はバスケ経験はないが漫画は読んだ！　あの、ヤンキー漫画！」

「……ヤンキー漫画？」

「スポーツマン高校生らしからぬ真っ赤に髪を染めたヤンキーに、『どあほう』が口癖の手の早いヤンキー、チビのくせに喧嘩っぱやいヤンキーに、純粋な元ヤンキーが出てくる例のアレだ！」

「……いや、お前……アレ、バスケ漫画の金字塔だぞ？」

気持ちは分からんでもないし、真面目な顔したセンターのゴリラも実は隠れヤンキーじゃないかって俺もにらんではいるけどさ！

「……そもそも、バスケ漫画読んだからって上手くなれるワケじゃねーだろうが」

「だが浩之。俺には根性があるぞ？　基本、根性があれば乗り切れるんだよ！」

「……」

なんだよ、その脳筋なセリフ。そう思い、やれやれと首を振る俺の視線の端で手が挙がった。

秀明だ。

「……どうした？」

「その……藤田先輩、根性はあるんですよね？　あと、体力も」

「そうだな。まあ、そこそこだけど体力はある方だと思う」

「なら、参加してもらったら良いんじゃないですか？」

「……秀明」

「いや、体力あるって結構重要ですよ？　俊敏さはどうか分かんないっすけど……喰らいついていくディフェンスが出来るんなら、それだけでも結構な武器です」

「お！　分かってんじゃん、後輩君！　そうそう、浩之！　俺も混ぜろよ！　楽しそうだし！　親友だろう～。仲間外れ、イケない！」

「楽しそうって……あのな、藤田？　遊びじゃないんだぞ？」

「知ってる。ガチなんだろ？」

「じゃあ」

「ばっか、お前。こういうことこそ、ガチでやんないと楽しくないだろ？」

そう言って藤田はニカっと笑った。いや、だからって……

「……いいんじゃない？」

「智美？」

「藤田、ドリブルはあんまりだったけど、自分で根性あるって言ってるんだし。桐生さんだって素人だけど運動神経良いからスカウトしたんでしょ？　なら、藤田にお願いしようよ。暇そうだしね、藤田。練習、参加出来るんでしょ？」

「暇そうって……まあ、暇だけどさ？　練習も参加するぞ、普通に」

「普通じゃダメ！　一生懸命参加しなさいよ！」

「おう！　一生懸命参加する！」

「……ね？　藤田、お調子者だけど悪いヤツじゃないし……どうかな？」

「そうだそうだ！　俺、調子は良いけどやる時はやるぞ？」

「……自分で言うなよ、そんなこと」

　そう言ってため息をひとつ。でもまあ、確かにそんなに選択肢も、加えて時間もない。これだけやる気になってくれるんなら……

「……お願い、出来るか？」

「おう！　任せろ！」

　そう言ってもう一度、藤田はニカっと笑ってみせた。

◇◆◇

　方針とスタッフが決まった後の涼子の行動は早かった。最寄りの市立体育館の管理課に電話をし、試合までの日程で借りられる日をチョイス。水曜日と土曜日の夜七時から九時までの二時間を押さえてくれた。

「……明日も練習するのに、今日もするのか？」

「当然でしょ？　私は素人なんだから。練習すれば練習しただけ、上手くなるじゃない。それに明日は全体練習、今日は個人練習よ？」

場所は俺らの家の近くの公園。そこにゆっくりとストレッチをするジャージ姿の桐生と、そんな桐生を少しだけ呆れた姿で見つめる俺の姿があった。

「……努力の人だもんな、お前」

「まあね。さ、それじゃ始めましょう！　私は何から始めればいいかしら？」

入念なストレッチを終えた桐生はそう言ってにこやかに笑いながら、手元のボールを器用に指で回してみせる。っていうか上手いな、おい。

「上手いな」

「こんな小技、上手くても仕方ないでしょ？　試合に役立たないじゃない」

「そりゃそうだが……そうだな。それじゃ、練習始めよう……の前に」

片手で桐生にくいくいっとボールを要求。素直に俺にボールを配給した桐生からボールを受け取り、そのまま反転してシュート。ボールはリングを潜った。

「……相変わらず上手ね、貴方」

「まあ、これぐらいしか取り柄がないからな」

そう言って俺は、ゴール下で転がるボールを拾って桐生に視線を向ける。

「お前にやってもらいたいポジションはシューティングガードだ」

「シューティングガード？」

「二番、って呼ばれるポジションだな。あんまりに身長差がある様ならスモールフォワードとのスイッチ、或いはコンボガードとして俺と替わってもらうこともあるが……」

「……ちょっとよく分からないんだけど……専門用語？　が多すぎて」

きょとんとした顔を浮かべる桐生に、悪い悪いと手を左右にひらひらと振ってみせる。

「バスケットのポジションはポイントガード、シューティングガード、スモールフォワード、パワーフォワード、センターに分かれてて、番号で呼ばれることもある。順番に一番、二番、三番、四番、五番だな」

「ええ」

「男女混合、男性三人と女性二人のチームの場合……想像だが、一番、四番、それに五番は男性になる確率が高いと思う」

「なんで？」

「四番と五番、つまりパワーフォワードとセンターはゴール下で競り合いになることの多いポジションだからな。女子より男子の方が体格的に有利だろ？」

「……そうね。じゃあ、一番は？」

「一番はチームの司令塔だから。混成チームなら、男子が活躍する機会は多くなるだろうし……そう考えれば、チームメイトである男子をポイントガードに配した方が有利だろ？」

「気心の知れたメンバーの力を最大限に発揮できるから？」

「まあ、そんなところだ。そうなるとウチのチームのポジションは一番が俺、二番がお前だろ？　三番は智美で、四番に藤田、五番に秀明がベストかな、って思う。お前のマッチアップ相手との身長差がびっくりするぐらいあると考えるが……ま、その辺りは試合毎って感じかな？」

「なるほど、分かったわ。それで？　シューティングガード……二番、だったかしら？　二番は何をするポジションなの？」

「基本はスリーポイントシュートなんかでガンガン点を取るポジションだ。場合によっては俺の代わりにボール運びやパスをする補佐役でもあるな。まあ、バスケのポジションは厳密にこの仕事！　って決まってるわけじゃないんだが、それでもある程度の役割分担を考えるとこうなる」

流石に俺の身長でリバウンド争いに参加したりはしないが……それでも、精々センターとポイントガードは違うってぐらいだもんな、違いって。基本はなんでも出来るのが望ましいし。

「貴方、シュート上手ですものね。私がパス回しをすれば、貴方はシュートを打てるってことかしら？」

「正解。理解が早くて助かる」

流石、桐生。地頭が良いっていうか、カンが良いというか……取り敢えず、俺の言ったことの要点を直ぐに理解してくれる。やっぱりガード向きだよな、コイツ。

「……ガード陣はどっちかって言うとバスケットＩＱの高い選手が好まれるし、お前の頭の良さならバスケの戦術理解も早いと思うんだよ。なら、二番が適任かなってな」

「鈴木さんは？　鈴木さんもポイントガード……っていうポジションじゃなかった？」

「……今のはポイントガードのスタンダードな話だから……うん、いろんなタイプがあるよ」

あいつ、野生のカンで動くタイプだし。

「……分かったわ。それじゃ水曜日と土曜日は全体練習に使って、その他の平日はシュート練習に充てる、って感じで良いかしら？」

「欲をいえばドリブルと二人でサインプレーの練習くらいはしておきたいかな？　上手く使えれば相手を軽く騙せるトリッキーなプレーもあるし」

「先日、鈴木さんと川北さんがやっていた様なプレーかしら？」

「まあ、そんなところだ。どこまで通用するかはわかんねーけど……でも、なにもしないよりはマシかなって思うぞ、俺は。それに、ああいうプレーに引っ掛かったらイライラするしな。チームメイトならドンマイって言葉も掛かるだろうけど、さして仲良くもないチームメイトならそのイライラは不和の原因になる。『引っ掛かるな！』『うるせー』とかなってくれたらもう、最高だよ」

「……」

「？　どうした？」

「いえ……なんというか……やり方が小さいというか……」

「……毒を盛ろうとしないだけマシだと思ってくれ」

食中毒で不戦勝でも勝ちは勝ちだしな。まあ、それじゃきっと瑞穂は納得してくれないだろうけど。

「一応、戦略としては俺がパスを回してお前と智美でシュートを打っていくスタイルになると思う。流石に藤田のシュートは期待できないだろうし……どっちかって言うとアウトレンジからのスリーポイントチームになるかな？　飛び道具主体のチーム作りだ」

「その……流石に自信がないのだけれど？　そんなにシュートが入るとは思えないし」

「まあ、外しても秀明がとってくれると思って打てば良いさ。十本打って三本入ればいい。その代わり、その三本は絶対に決められるくらいの力は欲しい」

「……出来るかしら？」

「正直、難しいと思う。だが、お前の能力ならもしかしたら、と思ってはいる」

運動神経も良いし、努力家で真面目だからな、桐生。ドリブルとかパス練習の時間を割いてシュート練習に特化すれば或いは……と思う。

「……期待してる、私に？」

「……重いか？」

「……いいえ……ええ、『いいえ』よ」

そう言ってふんわりと笑う。どうした？

「……初めてね」

「なにが？」

俺の言葉に、少しだけ照れ臭そうな笑みに変えて。

「――貴方に頼られるのって」

「……そっか？」

「そうよ。私は貴方に助けてもらってばかりだもん」

「んなことねーだろ。こないだの涼子と智美の喧嘩だって――」

「私、何かしたかしら？」

「――……まあ、うん」

色々アドバイス貰った……というか、見守ってもらったというか……

「……思ったのよね、私。賀茂さんも鈴木さんも貴方を助けることが出来る。貴方がバスケをやめた時、貴方を助けた……って言うのかしら？　ともかく、貴方に前を向かせたのは鈴木さんでしょ？　賀茂さんは貴方が前を向くのを見守っていたじゃない」

「……まあ」

「だから、二人のことは信頼しているんじゃないの？」

「……否定はせんよ」

幼馴染だしな。そりゃ、信頼もしているし、助け、助けられる関係かなとは思うよ。思うけど。なんとも言えないもにょっとした雰囲気を出す俺に、桐生が苦笑を浮かべてみせる。

「貴方に守ってもらいたいんじゃない、隣に立って支えたい……なんて言ったくせに、私は貴方にもらってばかりだもの。だから……嬉しいよ、東九条君。ようやく、貴方の助けになれるのが。貴方に守ってもらうのでも、与えてもらうだけでもなく」

貴方を支えてあげられる、と。

「……これで、同じ土俵かしら？」

「なんの話だよ？」

「こっちの話よ」

「……そうかい。ただな？　別に、俺が何かしているつもりはねーぞ？　俺が好き勝手やってるだけだし……そんなに感謝されると、面映ゆいっていうか……」

「いいの。私の主観だから。感謝されときなさいな」

その笑みを、満面の笑みに変えて。

「だから——さっきの質問に戻るわ。貴方を助けられるのも、貴方に期待されるのも……貴方に頼られるのも、たまらなく心地好いわ。重いなんてとんでもない。やる気満々よ、私」

川北さんには少し申し訳ないけど、と少しだけ表情を曇らせた後、それでももう一度笑顔を浮かべて。

「さ、練習しましょう！　私にバスケを教えて頂戴、東九条君！」

水曜日の七時。俺と桐生は連れ立って市民体育館に来ていた。俺も小・中学生の時には大会で何度もお世話になった体育館であり、なんとなく懐かしさも感じる。

「……あ、ヒロユキ！」

「わりぃ、遅くなったか？」

七時前だというのに既にコートの中でストレッチを行っていた智美が、こちらに声を掛けてくる。その声に軽く手を挙げて返しながら、視線は智美の後ろに向いていた。

「……有森（ありもり）と藤原（ふじわら）？」

「はい！」

「こないだぶりです、東九条先輩！」

「……なんで？」

「桐生さんと藤田は初心者でしょ？　取り敢えず、基礎叩きこんでもらった方が良いかなって思って来てもらったのと……」

「私たちも瑞穂の為に何かしたいです！」

「わ、私もです！」

「……と、いうわけよ。その……迷惑だった？」

窺う様な視線を向けてくる智美。迷惑？

「……んなワケあるか。悪いな、二人とも。バスケ部の練習の後だろうに」

「全然大丈夫です！　気にしないで下さい！」

そう言って笑顔を浮かべてくる二人。有り難いな。

「……それじゃ藤原には桐生を教えてもらおうか。ガードだしな、藤原」

「お？　それじゃ桐生さん、二番？」

「身長的にも、相手チーム構成の予想的にも二番が適任だろうと思ったんだが……」

あれ？　違う？

「ううん。確かに桐生さんの身長とか考えると二番が適任かな。じゃあ私がスモールフォワード？」

「まあ、それがベストだろうな。といってもお前はスウィングマンになると思うけど」

ガードとフォワードを両方こなす人間をスウィングマンと呼ぶ。まあ、桐生のボール運びは未知数だし、ボール運びは三人でするのがベストな選択になると思う。

「オッケー。それじゃ、理沙？　お願いできる？」

「わかりました！　それじゃ、桐生先輩、お願いします！　まずは軽くパス練習からしましょうか！」

「ええ。こちらこそよろしくお願いします」

そう言って二人してボールを持ちながらコートの反対側に向かう。そんな二人の姿を――って、あれ？

「……藤原、普通だな？」

「普通？　なにが？」

「いや、だって……桐生だぞ？」

瑞穂だって初めて桐生に逢った時にパニックになっていたぐらいだから、後輩の間でも『悪役令嬢』っぷりは有名だと思ったんだが……違うの？

「その辺りはちゃんと教えてますから。『桐生さん、クールだからちょっと怖い感じがするけど、実際話してみればいい子だから！　チワワみたいなもん！』って」

「チワワって」

「ともかく、その辺りは大丈夫ですよ。ね、雫？」

「はい！　桐生さんは大丈夫です！　それで？　私が教えるのはどなたですか？」

「あー……有森には藤田をお願いしようと思う。ウチのチームのパワーフォワードだな。といっても、ガチの素人だから……有森にはディフェンスを叩きこんでもらいたい」

「ディフェンスですか？　私、そこまでディフェンス得意ってワケじゃないんですけど……」

「まあ、本当に基礎の基礎からだからな。取り敢えず、体力はあるらしいからガンガン鍛えてやってくれ」

「お手柔らかに頼むぞ？」

と、不意に後から声が掛かる。振り返ると、そこにはジャージ姿の藤田の姿があった。

「よう、浩之。俺をイジメる算段か？」

「イジメじゃねーよ。しごきだ」

「一緒じゃねーか。ええっと……」

「あ、私、有森です！　有森雫と申します。今日から藤田先輩の練習のお手伝いをさせてもらいます！」

「ご丁寧にどうも。俺、浩之の親友の藤田。よろしくね」

「はい！」

どっちかっていうと明るいキャラで物怖じしない感じの有森だが、流石に学年上の、しかも男子となると緊張もするのか若干言葉遣いが硬い。上手くなれてくれると――

「にしても……有森、だっけ？　お前、身長高いな〜。流石、バスケ部！」

「……あん？」

――おい、藤田。お前、それいきなり地雷踏み抜きすぎじゃね？

「……東九条先輩」

「……はい」

「……ガンガン、しごいて良いんですね？」

「……その……アイツ、基本ちょっとアホなんだよ。別に悪気はないと言いましょうか……」

「……人の身体的特徴に初対面で切り込んでくるのはアホじゃないんです。デリカシーがないだけです」

……仰る通りです、ハイ。

「……それじゃ、藤田先輩？　ガンガン、いきましょうか？」

「お？　それじゃよろしく頼むぞ～」

「ふふふ……『よろしく』頼まれてあげますよ」

ガシっと藤田の肩を摑んでズリズリと引き摺っていく有森。おい、藤田。『んじゃな～、浩之』なんて簡単に言うなよ？　お前、この後きっと死ぬから。

「……ご愁傷様だね、藤田。あ、そうだ！　ヒロユキ、明日も練習できるの？」

「あー……どうかな？　体育館、取れてないんだろ？」

「それは大丈夫！　部長に話したら、都合つけてくれるって。ウチの練習の後で、体育館使う許可貰ったから！　六時から八時までは使えるよ？　むしろ、瑞穂の為にそこまでしてくれて申し訳ないって」

「申し訳なく思う必要はないんだが……でも、それは有り難いな」

ただ、秀明が……あいつ、別の高校だしな。

「まあ、秀明に関しては大丈夫でしょ？　あいつ、学校で練習もしてるし……センター、させるんでしょ？」

「一応、そのつもり」

「なら、ヒロユキと私と三人でコンビプレーぐらい練習しておけばなんとかなるでしょ。桐生さんや藤田じゃ流石に秀明にはついていけないだろうし」

「……まあ、そうだな」

チームプレーメインで勝ちにいこうと思っていたが……まあ、仕方ない。

「……分かった。それじゃ、有り難く使わせてもらおうか」

「すみません！　遅れましたー！」

「ごめん、浩之ちゃん！　遅くなった！」

言っていると秀明と涼子が息を切らしてやって来た。

「焦らんで良いぞ。まだ時間まではちょっとあるし」

「すみません！　ちょっと練習、長引いて！」

「ごめんね、浩之ちゃん。私はお母さんが『ご飯ー！　お腹空いたー！』って……」

「……凜さん」

全く自炊する気はねーな、あの人。まあ、凜さんらしいっちゃ凜さんらしいけど。

「……よし」

ともかく、全員揃ったな？

「さ、それじゃ浩之ちゃん？　練習スタート——の前に、軽く自己紹介しておく？　はじめましての人もいるし」

「あー……そうだな。おーい、藤田と有森？　ちょっとこっち来てくれ」

体育館の端にドナドナよろしく連れていかれていた藤田と、連れ去った有森を呼び寄せて円になる。うん、この人数になると結構壮観だな。

「えーっと……まあ、俺ははじめましてはいねーな。涼子？」

「うん、皆さんこんにちは！　私は二年の賀茂涼子だよ。今回はマネージャー的立ち位置なので遠慮（えんりょ）せずになんでも言ってね～。はい、桐生さん」

「同じく二年の桐生彩音（あやね）よ。バスケットは素人（しろうと）だから、色々教えてくれると助かります」

「あ、私は藤原理沙です！　一年でバスケ部です！　基本、桐生先輩とコンビで練習すると思いますが……よ、よろしくお願いします！　雫？」

「……一年の有森雫です。藤田先輩？　『よろしく』お願いしますね？」

「……なんかえらい圧を感じるんだけど……二年の藤田だ。俺も素人だけど、全力で頑張るからまあ、よろしくな？」

「最後は俺っすかね？　聖上学院の一年生、古川秀明っす。瑞穂とは幼馴染（おさななじみ）で……ええっと、藤原さんと有森さんは試合で何度かあったことあるけど、こうやって話するのは初めて……かな？　ともかく、よろしくお願いします！」

　ぺこりと頭を下げる秀明に皆も軽く頭を下げる。そんな秀明をにこやかに見た後、涼子は俺に視線を向ける。なんだよ？

「それじゃ浩之ちゃん？　キャプテンとして何か一言貰えるかな？」

「ひ、一言だ？」

　いや、考えてないんだけど……

「あー……まあ、なんだ？　その……皆、頑張って練習していこう！」

「……はぁ、ヒロユキ？　それじゃ本当に一言じゃん！　もうちょっとなんかないの？　今日はみんな集まってくれてありがとう！　とかさ！」

「……ライブじゃないんだから」

ったく。

「……正直、思いつきに近い考えだと自分でも思う。思うのに、こうやって集まってくれて……まあ、なんだ。その、か、感謝している」

「……浩之さんだけの話じゃないっすから！　俺だって何かしたいと思ってたし、渡りに船っすよ！」

そう言ってにかっと笑う秀明に、俺も笑顔を返す。

「……もうこの辺で勘弁してくれ。ともかく！　それじゃ自己紹介も終わったことだし、全体練習、はじめるか！」

「はい！」

各々がばらばらに散らばって練習開始。初心者組である桐生と藤田は別メニューをし、俺と智美と秀明は三人でチームプレーの確認をしていた。

「……つうか秀明、お前センターもマジでいけそうだな？」

概ね一時間半程度。あと三十分くらいで練習を切り上げようかと思いながら、俺の外したシュートをリバウンドしてみせる秀明に感嘆の声を上げる。やっぱうめぇーな、こいつ。

「うっす！　っていうか、浩之さんもまだまだ全然現役でいけそうっすよ？　今からもう一遍やったらどうっすか？」

「勘弁。それは良いよ。智美は……まあ、相変わらずだな？」

「んー……スリーの成功率上げなさいって言われてるんだけどね～。でも私はどっちかって言うと自分でドライブしていくタイプだし？　外からのシュートはちょっと苦手なんだよね～。ペネトレイト、大好き」

「……身長が高いって有利だよな～。それだけで、十分武器になるし」

俺が中に突っ込んだら、上からたたき落とされるし。

「こればっかりは生まれ持った才能だよ、浩之君。恨むならおじ様と芽衣子さんを恨みなさい」

へへんとばかりに笑う智美に肩を竦め、シュートを放つ。と、同時に走り出した秀明は、リングに嫌われて弾かれたボールを再びキャッチ。

「……身体能力大概高いよな、お前」

「これぐらいは余裕っす！」

ニカっと笑う秀明にため息一つ。視線をちらりと初心者組に向けると、ワン・オン・ワンに励む桐生と藤原の姿があった。

「……」

「……」

ボールを持った桐生が小さくフェイントを入れる。その動きに釣られた様に動き出そうとした藤原に、桐生はドリブルで逆サイドに。

「っ!!　させない！」

直ぐにカバーに入る藤原。そんな藤原に鋭いドライブを利かせたドリブルをしていた桐生は急にペースを落とす。たたらを踏みながら、それでも食らいつく藤原に再度逆サイドへのドリブルをする桐生。

「甘いっ!!」

そんな桐生の手元に藤原の手が伸びる。手元に伸びる藤原の手からボールを守る様にくるりとターンをしてみせる。完全にフリーだ。

「……上手いっすね……って、ええ!?」

ゴール前に誰もいない状態。セオリーでいけばゴール下まで運んでシュートだが、桐生はそのままその場で踏み切ってシュートを放つ。綺麗な放物線を描いたボールは、まるで吸い込まれる様にゴールに入った。

「……フリーになったのにスリー打つんっすか？」

「……二点より三点の方が得、って判断じゃね？」

「……っていうか、桐生先輩、本当に素人っすか？　滅茶苦茶綺麗なシュートフォームなんっすけど？」

「……」

……まあアイツ、昨日の練習でもシュート練習ばっかりしてたからな。なんだかんだで三百本ぐらいは打ったんじゃねえか？

「……どう、東九条君！」

　俺らの視線に気付いたのか、笑顔を浮かべてこちらに手を振る桐生。その隣で、悔しそうに唇を噛みしめる藤原がこちらに視線を向けている。

「……なんだよ」

「……桐生先輩、本当に初心者なんですか？　凄い上手いんですけど」

「……身体能力高いんだよ、アイツ」

「……私の努力はなんだったんでしょうか……」

「……まあ、別にシュート能力が高いだけがバスケプレーヤーの資質じゃねーから」

　本当に。いや、今のドリブルとか良くできてたと思うけど……でもまあ、藤原が落ち込むほどじゃない。

「そうよ。私なんてまだまだだもの。藤原さんの方が上手いでしょ？」

「……桐生先輩に言われると嫌みにしか聞こえないんですけど」

「そんなことないわよ。実際、抜けるより止められる方が多いじゃない」

「そりゃ……私は経験者ですし」

「それが大事なのよ。バスケに限った話ではないんでしょうけど、経験がモノをいうのでしょう、きっと。さ、藤原さん！　もっと練習しましょう！」

『私にもっと、経験を積ませて？』と、楽しそうにそう言う桐生に、毒気を抜かれた様にポカンとした顔を浮かべる藤原。が、それも一瞬、苦笑を浮かべて首を縦に振る。

「……はい！　次は抜かせませんから！」

「次も抜いてあげるわ。覚悟しなさい！」

そう言ってワン・オン・ワンに戻る二人。そんな二人を見ていると、横に来た智美が声を掛けてきた。

「……戦力的に期待出来るわね、桐生さん」

「嬉しい誤算だ。後はパスとドリブルが出来れば良いんだが……」

「そこまでは望みすぎじゃない？　シュート力があれだけ高ければ、それで十分でしょ？」

「……だな」

俺がボール運びをやって、桐生にシュート打ってもらっても良い。秀明ならリバウンドを取ってくれるだろうしな。

「……まあ、桐生は良いよ。もう一人の初心者は――」

「――もうやだっ！　なんなんですか、この人！　智美せんぱーい!!」

「……なんだ？」

……おいおい。大丈夫か？　そう思って視線をそちらに向けると、そこには半べそかいた有森と……おろおろとしている藤田の姿があった。なんだ？

「……どうした？」

「東九条先輩！　この人、気持ち悪いです！」

「……藤田」

おま……信じてたのに。なんだよ、気持ち悪いって。どんなセクハラかましたんだよ、おい？

「ご、誤解だ！　俺は真面目に練習してた！　急に有森が怒りだしただけだって！」

「……本当かよ？」

じとーっとした目を向ける俺に、慌てた様に手をわちゃわちゃと振ってみせる藤田。と、それまで黙って見ていた涼子が小さく手を挙げた。

「あの……藤田君、本当に真面目に練習してたよ？」

「……そうなのか？」

「うん。ただ……その、有森さんが『カニ』をやらせてたんだよね？　ずっと」

「ずっとって……え？　この一時間半？」

「うん」

『カニ』とはバスケのディフェンスの練習の一つで、中腰になって左右に動く練習だ。正式名称があるのかないのかは知らんが、ウチのミニバスチームでは『カニ』って呼んでたし、中学バスケ部でも『カニ』って呼んでた練習方法だ。

「……マジかよ」

この『カニ』という練習、地味な見た目の割に無茶苦茶きつい。例えば十分休みなしですれば足がパンパンになるぐらいキツイ練習なのだが……

「……すげーな、お前？」

「そうか？　似たような練習、陸上部でもやってたし。まあ、俺は専門じゃないからそんなに得意じゃないけど……それでもこれぐらいなら余裕だろ？」

「……体力、マジであったんだな？　つうか足、大丈夫か？　張ってないのか？」

「そうなんですよ！　東九条先輩、なんなんですか、この体力お化け！　カニなんて十分したらきつくなるじゃないですかっ！　なのにこの人、延々とカニばっかりやってるんですよ？　文句も言わずに！　気持ち悪いです！」

「き、気持ち悪いって……お前がやれって言ったんだろうが！」

「言いましたよ！　『私が良いって言うまで『カニ』続けて下さい』って！　でも普通、途中で音を上げるじゃないですか！　なんで延々とカニが出来るんですか！　本当に人間ですか、貴方!?」

「人間だよ！　失礼なこと言うな！」

いや、一時間半も延々と『カニ』が出来るって、サイボーグか何かだと思うんだが……

「……ある意味凄いっすね、藤田先輩。桐生先輩とは別の意味ですけど……」

「……あの練習、お前嫌いだったもんな」

「浩之さんだって智美さんだって嫌いだったでしょ？」

「……否定はせん」

大事な練習だとは思うよ？　でもな？　正直、全く面白くないんだよな、アレ。

「アレを続けられるってことは体力と……それに根性もあるんでしょう。充分戦力になりますよ、藤田先輩」

「そうだな……おい、藤田。お前──って、喧嘩するなよ、お前ら！」

「だって！」

「そうだよ！　コイツが！」

「なんですか！」

「なんだよ！」

「……仲良くしてくれよ、マジで」

なんとなく、前途は多難だが……ちょっとだけ、光が見えてきた。

「次の練習行きますよっ！　次は外周です！」

「はん！　望むところだ！　俺、長距離選手だしな！　何周でも走ってやるぜ！　ついてこれるもんなんらついてきてみろ!!」

「むきー！　この体力お化け!!　負けませんからね!!」

「……練習、もうそろそろ終わるんだけど？」

……仲良くね？　お願いだから。

幕間　或いは川北瑞穂の独り語り

――はじめに聞こえたのは、『ブチ』っというゴムの切れるような音。ついで、硬いはずの体育館のコートが沈むような感覚。その後に襲ってきたのは火照ったはずの体からどんどん熱が引いていくようなイヤな汗。

病院に運ばれてから先生に聞いた症状が、『前十字靭帯損傷』。スポーツ界では割とポピュラーな病名だ。そもそも靭帯という器官自体が、自己修復するようには出来ていないらしい。膝周りの筋肉を鍛えることで日常生活は問題なくこなすことが出来るが、部活レベルといえど、スポーツに復帰しようとすると手術をする必要がある。しかも、別の健康な腱を切り取って、靭帯に移植するらしい。私も一応年頃の女の子、あまり体に傷をつけることはしたくない。

――それでも、バスケに復帰できるのならやむを得ない。次の先生の言葉を聞くまでは、私はそう思っていた。

『手術をしてから一年はリハビリだね。そうすれば試合に出られるかも知れないけど……瑞穂ちゃんは体も小さいから、リハビリは長引くかも知れない。そうだね……引退試合くらいまでには、試合に出られるかもしれない。だから、バスケに復帰しようと思うなら、二年は見てほしい』

最初に浮かんだのは、絶望だった。次いで虚無感。

『一日練習をサボると、取り戻すのに三日かかる』と、小学校時代の恩師は良く練習中に言っていた。では私は、六年経たないとこの二年は取り戻せないということか？

御世辞にも上手いとは言えない、口が裂けても才能があるとは言えない私。練習だけが私を支えていたことは、自分でも良く分かっている。それが……二年間、大した練習が出来ない？

先輩や同級生の言葉にはなんとか笑顔で答えたが、浩之先輩の顔を見たら、もう、ダメだった。言うに事欠いて、『私を抱いてください』だ。どこの三文芝居かと自分でも思った。思いながらしかし、そういう気分になる自分も分かった。人生の半分近くをバスケと共にあった私が、バスケをやめなければならない。

──寂しかった。どうしようもなく、苦しかった。

「……浩之先輩」

虚空に向けて放った言葉は、宙に溶ける。

「……苦しいです……浩之先輩」

ベッドの中で私は一人、泣いた。

「やっほー瑞穂（みずほ）～。元気？」

ノックもなしに私の個室に入ってきたのは雫（しずく）。今はベッドで読書中だからいいものの、着替え中だったらどうするつもりなんだろう？　そう思い、ジト目を向ける私に、雫はきょとんとした顔で答えた。

「ん？　女同士じゃない。気にしないの～」

私のジト目にも笑顔を返す雫。全く……後から入ってきた理沙（りさ）も苦笑してるじゃない。

「ごめんね、瑞穂」

「……別に理沙に謝ってもらうことじゃないけど……椅子（いす）、自分で出して」

「いいよ、ここで」

そう言って二人して、ベッドの端に腰を降ろす。二人がそれで良いなら良いけど、と思いながらそちらを見ていると、理沙が興味深げに視線を私の手元に落とす。

「なに読んでたの？」

理沙の質問に、私は持っていた本のタイトルを見せてみる。

「……『愛情一杯！　これでカレシをゲットだぜ！　必勝料理大全』……ええっと……方向性が読めない本なんだけど……料理本……よね？」

「そうだよ。大丈夫、中身はちゃんとしているから」

私の言葉に理沙が微妙な笑顔を浮かべる。

……まあ、無理もないかぁ。私も初めてこの本のタイトルを見たときは目を丸くしたもん。暇だから料理の本でも買ってきてと母に告げたところ、ニヤニヤしながら買ってきてくれたのがこれだからね。確かに家でも料理なんて一切したことのなかった私が、いきなり料理本を買ってこいと言ったのだから、色っぽい話を想像するのも無理はないだろうけど……それでもこのセンスはどうよ？

「ふーん……料理本ね。瑞穂、料理なんて出来たっけ？」

御見舞いの林檎（りんご）を齧（かじ）りながら、失礼なことを聞いてくる雫。あと、林檎を食べるなとは言わないが、女子高生が丸かじりはやめてほしい。雫、貴女（あなた）も女の子なんだからね？

「失礼ね。出来るわよ！」

なんだかんだ言っても私もあの幼馴染（おさななじみ）ズの後輩だよ？　料理の鉄人にして、女子力……というか、主婦力の塊（かたまり）みたいな涼子（りょうこ）先輩に料理を学んだことだってあるんだ！

「……卵焼きぐらいは」

……まあ、そこが私の限界だったけど。

「……それって料理？」

「し、雫！　た、卵焼きは難しいんだよ？　ね、瑞穂？　特に、上手く巻くのは結構コツが——」

「……大体失敗してスクランブルエッグになるけど」

「……」

私のフォローを一生懸命してくれていた理沙が黙り込む。な、なによ。スクランブルエッグだって立派な料理じゃない。

「瑞穂の言うとおりだけど、それは卵焼きじゃないわよ」

林檎を齧りながら大笑いする雫。くそ、反論できない！　やがて、林檎を芯だけ残して綺麗に平らげた雫が、こちらを振り向く。

「それで？　退院はいつ？」

「ん……まあもう直ぐ出来るかな？」

正直、重い病気ってわけでもないし、退院しようと思えばいつでも出来る。我が家は共働きで怪我人の世話まで出来ない、という母親の鶴の一声で病院のベッドが空いてるのをいいことにずるずる居座っているだけ。そもそもこの病院、スポーツ医学では結構有名な為、主治医の先生には小学校生の時から御世話になっている、一種のお父さんみたいな感じ。私もたいして気兼ねすることなくいれるので、それは良いのだが……普通、傷心で、怪我人の娘をほったらかしにする？　酷い母親だよ。

「まあ、瑞穂はいつも頑張ってたしね。休憩だと思って、ゆっくり休んでなよ？　あ、これ、今日の授業のノートね」

そう言って、私に数学と物理のノートを手渡してくれる理沙。

「ごめんね？」

「気にしないでいいよ！　私ら友達じゃん！」

「いや、雫、それは私の台詞だと思うんだけど……でも、本当に気にしないでいいよ？」

そう言ってにっこり笑う理沙。あ、ちょっと嬉しくて泣きそう。

「……ありがとう」

悟られないように目を伏せ、私は理沙のノートに目を通す。細やかな字で、読みやすい理沙のノート。

私がこの病院に入院して今日で一週間。理沙と雫は、その間、毎日足を運んでくれる。

『私らが好きでしてるんだから、あんたは気にせずデーンと構えておけばいいの！』

授業もあるし、部活もある。その合間を縫う様に私のお見舞いに来てくれる二人にそう言ったのは一昨日のこと。『そんなこと気にしない！』と笑う雫と、隣でにこやかに頷く理沙に、私は泣きそうになったものだ。そもそも、体調管理も選手の立派な練習の内。もともと身長が低く、体の小さい私は体のケアには充分気を遣わなければいけなかったのだし、自業自得なのだが……それでも心配して見に来てくれる、出来た友人には頭が下がるってものだよ。

「……」

浩之先輩は……あれ以来お見舞いには来てくれない。当然だろう、あんな、はしたなくて、みっともないことを言ったのだ。私自身、合わせる顔がない。合わせる顔がないけど……

「……どうしたの、瑞穂？」

急に黙り込んだ私を見て、心配そうに理沙が声を掛けてくれる。そうだ、悩むのは一人の時でいい。折角お見舞いに来てくれている二人に、失礼ではないか。

「う、ううん。なんでもない。そ、そうだ。最近、どう？」

「どう？　とは？」

「ほ、ほら、学校とか……部活とか」

私の言葉に、理沙と雫が少し考え込む。あれ？　私なんか、変なこと言った？

「……そうね。まあ、色々ある」

「……色々？」

「あの体力お化け、マジで許さない。なによ、『デカいだけが取り柄かよ』って……許さない、絶対に許さない……」

「……なんの話？」

「こっちの話……もう、雫！　先輩にそんなこと言ったら失礼よ？　頑張ってるじゃない、藤田先輩」

「それは……認めるけど……でもね⁉　あの人、マジでデリカシーないんだよ！」

「それは……そうかもだけど」

話が見えない。頭に疑問符を浮かべる私に、理沙が優しく笑いかけてきた。なんぞ？

「まあ……詳しくは言えないけどね？」

そう言って何か少しだけ羨ましそうに私を見やり。

「——愛されてるね、瑞穂！」

第五章　恋に落ちる、音がした。

金曜日の六時半。女子バスケ部のご厚意で使わせてもらえることになった体育館で、俺らは汗を流していた。

「ディフェンスの基礎はワンアームっす。腕一本分、相手との距離を取りながら腰を落として下さい！」

「おう！」

「そうっす……そう、そうですね。そのまま、視線は相手から切らずに……左右に振っても直ぐについていって下さい！」

「分かった！」

「シュートモーションに入ったら早めのケアを！　そのままパスが来たりしますが、気にしないで良いっす！　ともかく、相手にドリブルとシュートをさせなければ藤田(ふじた)先輩の勝ちだと思ってもらったら良いです！」

「了解だ！」

初練習から一週間が経った。長めのシュート練習を終えた俺は、休憩がてらドリンクを飲みつつ藤田と秀明のワン・オン・ワン……というか、ディフェンス練習を見守る。

「……凄いね。藤田、上手いじゃん」

「……確かにな。正直、嬉しい誤算だ」

藤田はあれから毎日、練習に参加してくれている。最初は素人臭さが抜けなかったものの、一週間の練習で格段に……とまでは言わないまでも、随分と上達した。

「……ディフェンスだけ、だけど」

「……充分だろ」

正直、ボールを持ってのプレー、ドリブルやシュートはやっぱりまだまだ初心者だが、ことディフェンスに関しては藤田には一種の才能があったのか、メキメキと上達をしている。あいつ、小学校の頃はスポ少でサッカーをしていたらしいので、その辺りの感覚もあるのだろう。

「そうだね～。まさか『カニ』を文句も言わずにやる奴がいるなんて、私も思わなかったもん」

「確かに。現役バスケ部でも音を上げるのにな？」

後、根性と体力もあったんだよ、藤田には。

「──っ！　くそ！　うめーな、秀明！」

「ははは！　流石に初心者の藤田先輩には負けられないですよ！」

そんなことを考えていると、秀明が華麗に藤田を抜き去ってシュートを決める。そんな秀明に悔しそうな顔をしてみせる藤田。いやいや、秀明に食らいついていっただけ、大したもんだからね？　後、お前、いつの間に秀明を下の名前で呼ぶようになったよ？　コミュ力たけーな、おい。

「お疲れ、藤田」

「おう、浩之（ひろゆき）。なんだよ、この可愛（かわい）げのねー後輩は！　もうちょっと先輩に花を持たせる様に言ってくれ」

流れる汗を手の甲で拭（ぬぐ）いながら俺にジト目を向ける藤田。花を持たせるって……

「……それで良いのかよ、お前。手加減されて」

「……よく考えれば良くないな。逆に腹立つ」

「いや、でも藤田先輩マジで上達してますよ！　何度か危ない場面もありましたし」

ボールを持ったまま話に加わる秀明。いや、確かに藤田は物凄く上達したと思う。

「まだまだ全然だって。秀明には簡単に抜かれるし……どうすりゃいいよ、浩之？」

「あー……抜かれるのは仕方ないだろ。秀明、県でも強豪校のベンチメンバーだしな」

「でも、相手はもっと強い高校の一年なんだろう？」

「……そうだな」

「ですが、藤田先輩のディフェンスは結構良いですよ？　それに、全部が全部止める必要はないと俺は思いますし」

「どういうことだ？」

「藤田先輩のディフェンスと体力があれば、敵も随分イヤだと思うんですよね。相手にぴったりマークについておけば、序盤はともかく終盤は相手も体力持っていかれると思うんですよ」

確かに。シュートは結構メンタル大事なところもあるし、イライラしだしたらマジで入んないからな。そういう意味では藤田のディフェンスで相手の冷静さを奪うのもアリと言えばアリだ。

「……なるほど！　つまりゴリゴリ相手にくっついて邪魔しろってことだな！」

　そう言ってポンと手を打つ藤田。

「そうっす、そうっす！　ソレが出来れば完璧っすよ！」

「よーし！　そうと決まれば練習だ！　秀明、もう一回ワン・オン・ワンを――」

「藤田先輩！　ワン・オン・ワンばっかりじゃダメですよ！　次はドリブルの『基礎』練習です！」

　勢いづいてそう言いかける藤田を止めるよう、有森が話に入ってくる。そんな有森に藤田がイヤそうな顔を浮かべてみせる。

「えー……折角、なにか掴めそうだったのに！」

「なにが掴めそうですか！　藤田先輩、ディフェンスはともかくドリブルは全然じゃないですか！　そっちも練習しますからね！」

「はいはい」

「返事は一回！」

「はーい」

「伸ばすな！　ともかく！　さあ、ボールを持って体育館の隅っこに行って下さい！　私が良いと言うまで片膝曲げてドリブル練習です！　ボールに目線を向けちゃダメですよ！」

　言い合いをしながら体育館の隅に移動する二人。な、仲良くね？

「……まあ、藤田にドリブルとシュート力が付けばいいプレーヤーになるわよね？」

「そこまで期待するのは酷だろ。ま、ないよりはあったほうが良いけど」

智美の言葉にそう答えて、俺は練習を再開しようとボールを持つ。

「浩之ちゃん、ちょっと良い？」

「涼子？　どうした？」

と、スマホで何かを見ていた涼子が声を掛けてくる。どうした？

「相手チームの選手、大体予想出来たんだ。過去のプレーとかもネットで調べて纏めてるから、どっかで時間取れない？」

「……はい？」

……相手チームの選手の予想？　え？　分かんの？

「当たるかどうか分からないけど……ちょっと分析してみない？」

「いや、ちょっと待て。相手チームの選手の予想って……なんで？」

「正南学園と東桜女子だからね。ある程度、入学した選手を調べるのは簡単だよ。今はネットもあるし、両チームともブログとかもしてるしね」

「……」

「その中で一軍に入りそうなメンバーは除外、二軍にいる選手も除外、三軍……というか、これから伸び盛りの選手をピックアップすれば大体掴めるよ？」

なんでもない様にそう言ってみせる涼子。いや……

「それを期待しといてこう言うのもなんだけど……スゲーな、相変わらず」

昔からこういう情報収集能力に長けていたのが涼子だが……まだその能力は健在か。

「……そうね。それじゃ、この後ウチでどうかしら？　晩御飯もまだだし、良かったら晩御飯でも食べて帰る？　もちろん、皆で」

俺らの会話に入ってきたのは桐生。少しだけ驚いた表情をしているだろう俺に、桐生が肩を竦めた。

「……藤原さんや有森さんなら、別にバラしても誰かに言うことはないでしょう？」

「……藤田は？」

「バラすの？　じゃあ、呼ばない」

「仲間外れは可哀想すぎるだろ、流石に!!　いや……」

その辺りはきちんと言い含めれば口が堅いヤツだと思うが……そんな俺に、桐生はくすりと笑ってみせる。

「冗談よ。きっと、大丈夫でしょうし……なにより、これだけ良くしてくれているんですもの。隠し事はあまり、したくないわ」

そう言ってにこやかに微笑む桐生。そっか。お前が良いなら、まあ……

「……それじゃ、どうする？　この後、ウチに来るか？」

俺の言葉に、涼子は小さく頷いて。

「そうだね。折角だし、皆で晩御飯にしよっか。親睦を深める意味でも！」

学校から二駅の愛しの我が家……まあ、愛しと言うほどではないが、それでも最近は実家よりも過ごしやすいと感じ始めた我が家への帰路の道中で俺と桐生が許嫁で、更に同居していることを知っている他の皆はともかく、藤田、有森、それに藤原の三人は絶叫を以て応えた。『良い反応ね』なんて桐生は笑っていたが、そんな三人に事情説明と内緒にしておいてほしい旨を伝えると快く了承してくれたので、ほっと胸を撫でおろした。

「しっかしまあ……なるほどね、って感じだよな」

「……なにがだよ、藤田？」

「いや、最近の桐生さんってさ？　ちょっと優しくなったというか、当たりが柔らかいというか……まあ、昔みたいな『悪役令嬢』じゃなくなってきたって評判なんだよな」

「……そうなのか？」

「……さあ？　私自身、そんなに変わったつもりはないけど……東九条君はなんか感じるところがある？」

「俺、そもそも最初だけだしな、お前に悪役令嬢成分感じたの」

「成分って」

それも噂先行だったし。まさに、百聞は一見にしかずだ。

「本人とか近しい人間には分からないだろうけど……俺だってこないだ桐生さんに逢った時はびっくりしたからな。そう思わないか、お前ら？」

そう言って藤田は有森と藤原を振り返る。二人は顔を見合わせた後に、少しだけ気まずそうに、それでもこくりと首を縦に振った。

「ええっと……そ、その、失礼かも知れませんが……私も桐生先輩の噂は聞いていましたので……智美先輩に『大丈夫！　悪い人じゃないから』って聞いて、それでもちょっと……だったんですけど……一緒に練習していたら、そんなに悪い人じゃないかな～って」

「理沙の言う通りですよね。私は直接はアレですけど……桐生先輩、優しいですし」

「……そ、そう。嬉しい様な、嬉しくない様な評価ね」

そんな後輩二人の言葉に『もにょ』とした顔を浮かべる桐生。まあ、そりゃそうだよな？『悪役令嬢だと思ってたんですけど、実はそうでもなかったんですね』と言われて喜ぶ奴はそういないだろ。

「まあ、それも浩之が頑なに固まった桐生さんの心を溶かしたんだな。愛だな、愛！」

「ちょっと何言ってるか分からないです」

いや、マジで。つうか藤田。そんな顔で俺の肩に手を置くな。マジで気持ち悪いんですけど？

「あ、愛って!?　ふ、藤田君、な、なにを言っているの!?」

「またまたー。照れるなよ～、桐生さん？　浩之と一緒に過ごす間に、少しずつ気持ちが解されていったんだろ？　分かる、分かる！　そういうヤツだよな、浩之って！」

「どういうヤツだよ？」

「噛めば噛むほど味が出る奴」

「スルメ扱いはやめてくれ」

「あんまり桐生さんをイジメるのもアレだし、この辺にしとくか。ま、末永くお幸せに～」

　そう言ってニヤニヤというより、ニコニコと嬉しそうに笑う藤田。なんというか、祝福してくれるのは嬉しいんだが……

「……ほんっとうにデリカシーないわね、藤田」

「……本当だよね。藤田君って、デリカシーのカケラもないよね」

「ですよね!?　藤田先輩、変ですよね!!」

「……皆さん、それぐらいで。特に雫！　貴女は後輩でしょ！」

　……皆の藤田に向ける視線が痛い。わ、悪いヤツじゃないんだよ、うん。

「こ、コホン！　ともかく、その話は良いじゃない！　それより、さ！　早く行きましょう！」

　ようやく着いた家の高さに藤田たち初めて組がポカンと馬鹿みたいに見上げていたり、象が乗れるようなエレベーターに藤田たち初めて組が大騒ぎしたりと色々あったが……とにもかくにも、なんとか家に辿り着いた俺たちは、途中のコンビニで買った弁当を広げて束の間の夕食タイムを取る。

「……涼子が作るのかと思ったが」

「もうちょっと時間があればね～。明日学校はお休みだけど、それでもあんまり遅くなると親御さんも心配するかもだし」

「……お前なら時短料理とか作れるんじゃね？」

　主婦力高い涼子なら余裕だと思うんだが……

「まあ、出来ないことはないけど……私も先輩だしね？　ちょっとぐらい、格好付けたいじゃん？　初めて披露する人にはきちんとした料理を振る舞いたいの」

「時短料理も凄（すご）いと思うんだが……主婦力高そうで」

「……一応言っておくけどね、浩之ちゃん？　私だって華の女子高生なワケ。女子力って言われればまあ納得はするけど、主婦力って言われたらちょっとどうかな？　って思うよ？」

　そう言ってむーっと頰（ほお）を膨（ふく）らます涼子。そうなのか……それは悪いことしたな。

「……なんてね。まあ、浩之ちゃんに言ってもらう分には良いよ？　主婦力が高いお嫁さんって素敵でしょ？」

「……ノーコメントで」

「それは殆（ほとん）どコメントしてる様なモンだよ？」

　クスクスと笑いながらそんなことを言う涼子。その姿は非常に可愛（かわい）らしいのだが。

「……浮気だよ、桐生さん？」

「わ、わわわ！　い、良いんですか、桐生先輩！」

「……やるな～、浩之」

「……俺、なんか浩之さん見る目が変わりそうです」

「……っていうか、東九条先輩、許嫁前にして他の女にデレデレするってどうなんですかね？　最低じゃないですか、桐生先輩!!」

「……わ、私に聞かれても……」

「でも！　あんなの許して良いんですか！　ねえ、理沙？」

「そ、そうですよ！　桐生先輩、確かに賀茂(かも)先輩は強敵ですが、負けちゃダメです！」

「そうそう！　そもそもですね、桐生先輩！　幼馴染(おさななじみ)は負けフラグなんですよ！　ナチュラルボーン負け犬なんですよっ！」

「雫！　失礼なこと言わないでよ！　私はまだ負けてないわよ！」

「……ああ、智美先輩もそう言えば幼馴染でしたね。っていうか、智美先輩もですか!?」

「……悪い？」

「いや、悪くはないんですが……ええっと、趣味、悪くないです？　東九条先輩ですよ？」

……なんかあっちでどんどん俺に対するアタリが強くなっていってる気がするんだが。そう思い、ジト目を向ける俺に、涼子はクスクスと笑って応えるのみだった。

食事も終わり、腹八分となった我が家のリビングで涼子はセッティングを始めた。

「なにそれ？」

「これは動画サイトの動画をテレビに映せる様にする機械だよ」

「……あんの、そんなの？」

「うん。テレビ側も対応していないと出来ないけど、良かったよ。浩之ちゃんの家のテレビは対応していて」

「……浩之ちゃんのっていうか桐生家の財力の賜物だけど」

「どうせいつかは貴方のモノにもなるのよ？　いいじゃない、どっちでも」

そんな桐生の言葉に頰をぷくーっと膨らます涼子。すわ、バトルか⁉　と、一瞬焦るも、すぐに涼子はその顔を苦笑に変えた。

「……まあ、今はそういうことにしといてあげるよ、桐生さん」

「……今だけとは限らないけどね？」

「ふふふ。そうだね～。そうなると良いね～」

ニコニコ笑顔の涼子に、少しばかり眉を吊り上げる桐生。そんな二人を見やり、藤田がポンっと俺の肩に手を置いた。

「……大変だな、お前も」

「……うるせー」

いらんことを言うな。

「……と、準備できたよ～。それじゃ見よっか。一応、メンバーに入りそうな子の中学時代の動画を漁ってみたんだ。まずは……この子」

そう言って涼子が携帯を操作して映し出したのは背の高い男子。センターか？

「北山西中学の小林君。ポジションはセンターね」

「俺のマッチアップっすね。背は高いっすけど、ひょろいですね？」

「中学時代だから、今はもうちょっとサイズアップしてるかもだけど……でもたぶん、この子はあんまり変わってないんじゃないかな？　プレースタイルもガンガン体を当ててリバウンドを取りに行くっていうよりも、手足の長さを活かしてするっとボールを奪う感じだし」

「……ある意味、俺と対極っすね」

「まあね。一応、動画サイトのＵＲＬ送るよ。また見て頂戴」

「うっす」

「それじゃ、次の子ね。次は――」

「ちょ、ちょっと!!　い、良いかしら？」

「――と、なに、桐生さん？」

「その、あまりにも説明が短い気がして……もうちょっとプレーを見るかと思ったんだけど……これだけじゃ、私、分からないわ」

眉をへの字にしてみせる桐生。そんな桐生に、涼子は苦笑を浮かべてみせた。

「説明が足りなかったね、ごめん。秀明君は自分で分析できるから。他の人とマッチアップ変わったら、とか考えたら見た方が良いんだけど……でもね？　そもそも浩之ちゃんでも止められないだろうし、身長差とかで。ならこの子の説明はいらないかなって」

　たしかに。俺より全然高いからな、コイツ。

「分かったわ。ごめんなさいね、話の腰を折って」

「ううん。それじゃ次。男子を纏めていくから。次はパワーフォワードの中西君。隣の県の中学校出身で、全中にも出てる。パワーフォワードなんだけど、外からも中からも打てる、結構隙のないプレーヤーだね」

「……藤田のマッチアップか」

「え？　コイツ、俺とマッチアップするの？　っていうか俺、パワーフォワードなの？」

「藤田先輩、パワーフォワードってこないだ教えたでしょ！　なんで覚えてないんですか！」

　有森の言葉に頭を掻く藤田。まあまあ有森。バスケの初心者に『パワーフォワードね？』って言ってもわかんねーよ、そりゃ。

「……っていうか、無理じゃね？」

「やる前から弱気でどうするんですか！　藤田先輩、守備は出来る様になってきたんですから、守備くらいは頑張りましょうよ!!」

「お、おう……っていうか、アツいな、お前？」

「私が一生懸命教えたんです！　負けないで下さい、藤田先輩！」

　ふんすと鼻息荒くそう言う有森に、若干引き気味の藤田。

「まあまあ。それに、この子も弱点があるんだ。ちょっと熱くなりすぎるっていうか……精神面で弱いところがあるっていうか」

「そうなのか？」

「全中の予選、決勝でファイブファールして退場してるんだ、この子。その時もディフェンスにしっかりマークされてイライラしてファール、だからね。初心者のディフェンスで止められたりした日には……」

「……藤田が初心者ってわかるか？　プレーを見て、ってことか？」

「……口撃って便利な言葉、あるよね～、浩之ちゃん？」

「……腹黒いだろ、おい」

ニヤリと笑ってそう言ってみせる涼子。まあ、戦略としてなしではないが……

「勝ちたいんでしょ？　地力じゃあっちのが上だし、出来ることはなんでもしないとね～」

そう言って一転、ニコニコ笑顔を浮かべる涼子に、俺の隣で藤田がブルリと体を震わせる。

どうした？

「……俺、賀茂さんってもっと天使みたいな優しい子かと思ってた」

「策士だぞ、アイツ。たぶん、幼馴染ズの中で一番腹黒い」

「私は浩之ちゃんとか智美ちゃんみたいに運動できないからね～。頭を使うって話だよ」

「……パワーバランスが分かった気がする。以外に苦労人だな、浩之」

「……そうかい」

良いんだよ、俺らはこれで。

「……まあ、ともかく藤田の相手は上手いが短気ってことだな？　それなら俺とダブルチームとかで揺さぶり掛ければ……」

上手くすりゃ、さっさと退場してくれるかも知れん。そう思った俺に、涼子は暗い顔を浮かべる。あれ？

「……違うの？」

「浩之ちゃんがそこまで動けるかな～って」

「……現役引退してるからか？」

そりゃ、確かに体力は落ちてるだろうが……それでも、一試合ぐらいなら――

「ううん、そうじゃなくて」

俺の言葉を遮る様に涼子は言葉を発する。

「浩之ちゃんの相手……東京の大手町中の水杉君なんだよ」

「……大手町中の水杉？」

誰だよ、そいつ？

「……大手町中ってどっかで聞いたことある気がするんっすけど……」

「去年の全中ベスト8の中学校だよ。そこの司令塔だった子なんだ、水杉君って。普通の公立中だった大手町中を全国大会出場、ベスト8まで導いた立役者だよ。技術面でも精神面でも凄く強い選手なんだ」

「ああ！　なんか雑誌で見ました！」

「……マジか」

流石、正南というべきか……あれ？　でも、待てよ？

「……そんな凄いヤツが三軍扱いの男女混成のチームに出るのか？」

一軍……は無理でも、二軍くらいに出そうなモンだが……

「まあ、言っても市民大会だし。それに、正南は良いガードが揃ってるしね。加えて、正南の戦略的なものもあるんだ」

「戦略？」

「今の私たちの同級生である二年生は正南の中でも不作の年みたいでね？　だから二年チームに上手い子混ぜても旨みがないかな～って判断らしいんだ。それなら、来年からレギュラー張れそうな子たちに実戦経験豊富につませて、チームプレー磨いてほしいってカンジらしいよ？先輩相手じゃどうしたって気も遣うしね」

「……なるほど」

確かに、同級生の中の方が伸び伸びプレーは出来るだろうし、チームワークも良くなるかもな。まあ、正南みたいなガチガチのチームじゃ逆効果になりそうでもあるが……そこ上手いこと、ポジションばらけさせたか。

「そういうわけで……浩之ちゃんはこの子のマッチアップで手一杯になりそうなんだよね。流石に藤田君のフォローまでは無理かも」

「……そうか」

「だから……藤田君に掛かる負荷は大きいかな？」

「……俺に掛かる負荷は？」

全中ベスト8だろ？　負荷、大き過ぎね？

「そうかな？　私個人の意見だけど……」

一息。

「全盛期の浩之ちゃんなら、きっとこの子に負けないよ？」

「全盛期の俺なら負けないって……」

「浩之ちゃんの全盛期の時ならきっと、この子に負けない。なんたってウチの中学チームのエースだったしね。中三の時にあんなことがなければ、きっと浩之ちゃんも全国に行けてたんじゃないかな？　だから、この子とのマッチアップは浩之ちゃんにお任せだよ。その代わり！藤田君は中西君を頑張って抑えてね！　なんなら、勝っちゃっても良いよ？」

「いや、全国出たチームのエースだろ？　無理無理！」

「藤田先輩！　やる前から何言ってるんですか！　こうなったらシュートも特訓です！　明日は体育館、朝から使えますから朝練ですよ！　五時起きです！」

「勘弁してくれ!?　早起きはもっと無理！」

ぎゃーすか騒ぎ出す有森と藤田をしり目に、『期待してるから』と囁く涼子。そうかい。期待されてるんなら……まあ、一丁やってみますか。

「……さあ、それじゃ涼子？　今度は女子の方いってみようか！　私のマッチアップは誰？」

「智美ちゃんのマッチアップはスモールフォワードだから、この子だね。中西君と同じ中学校だった萩原さん」

「……ふーん。身長もあるし……動き方がスモールフォワードっぽくないね？」

「そうだね。この子、中一から高一までで身長が二十センチ伸びたらしいよ？　だから、一番から四番までオールラウンドでこなせるプレーヤーだね。典型的なスウィングマンだよ」

「んじゃ、桐生さんのマッチアップになる可能性も……？」

「全然あるね。ただ、この子は器用だし上手いけど飛びぬけて此処が凄い！　ってウリはない子だね～。なんでも出来るけど、どれも七十点ってカンジ」

「……充分じゃね？」

それ、ある意味凄い気がするけど？

「んー……まあ、チームに一人は欲しいけど、みんな萩原さんみたいなタイプばっかりだったらきっとチームは強くならないと思うよ、私」

「そっか？」

「うん。もちろん、ある一定のレベルまでは簡単に行けるだろうけど……例えば全国に行こうとすると強豪校と当たるじゃない？　そんなチームには簡単に負けると思うな。だって、全部七十点の選手より、一個だけ百点満点の選手が得意な分野を活かして戦えば良いだけの話だし」

「理想論だろ、そりゃ」

「それが出来るチームなんだよ、正南も東桜女子も。選手層は厚いし、ピカ一の技術を持ったプレーヤーがゴロゴロいるチームに、器用貧乏な子は埋もれちゃう。可哀想だけどね。だからまあ、萩原さんはこの中では要注意って程のプレーヤーではないね。智美ちゃんなら抑えることは充分出来るよ」

「涼子の期待が重いけど……ま、やっちゃいますか」

なんでもない様にそう言って両手を頭の後ろで組む智美。特に気負った姿ではないところをみる限り、勝算はあるのだろう。

「それで……桐生さんのマッチアップなんだけど……」

「ええ。どんな強い子かしら？」

「……ごめん、微妙に分からないんだよね」

「分からない？」

「うん。いや、ある程度の予想は付くんだけど……例えばこの子」

そう言って画面上に映し出されるポニーテール姿の女の子。身長は桐生と同じくらい、バスケ選手としては高くなく、典型的なガードタイプだろう。

「この子も全中に出てるガードなんだけど、本職はポイントガードなんだよね。シューティングガードは点取り屋だけど、この子自身はそこまで攻撃力高いワケじゃないんだ」

「でも、東九条君のマッチアップ相手の……なんだったかしら？　水杉君？」

「うん」

「その子とダブルガードでいく方法もあるのではなくて？　ポイントガード二人で、水杉君に点を取らせる方法も」

「詳しいね、桐生さん。確かにダブルガードでいくことも考えられるんだけど」

「だけど？」

「……混成チームでダブルガードはどうかな、ってカンジではあるんだよね。命令系統が統一されないと選手も混乱するし。ただ……まあ、この子しかいないかな、とは思うけど」

「そうなの？」

「東桜女子のガードで、一年で、実力的なことを考えるとこの子がベターなんだよね～」

『ダブルガード』というのはコート内にポイントガードが二人の状態や戦術を指す言葉だ。ゲームの展開、或いは相性によって成功することもあるが、チーム内の連携が取れてないと成功は中々難しい。それでもあえてダブルガードを選択するということは、個々の能力が抜群に高いか……

「……所詮は市民大会と舐めてきているからか、ってところか？」

「だろうね。まあ、上に繋がる大会でもないし、レクリエーション半分なところもあるから」

「……若干不満っすね、ソレ」

そう言ってムッとした顔を見せる秀明。若いね～、秀明君。

「そっか？　チャンスじゃん」

「チャンスだね」

別にガチガチのスポーツマンじゃないし。舐めてきてくれてるんだったら舐めてもらった方が良い。『こんなはずじゃなかった』みたいな負け犬の遠吠えを聞かせてもらおうじゃねーか。

「ま、そういうことで……取り敢えず、マッチアップ相手になりそうな選手のデータと、控えにいそうな選手のデータ、纏めておいたから。はい、浩之ちゃん」

「さんきゅ」

カバンからノートを取り出した涼子に礼を言って、俺はそのノートを受け取ってパラパラとめくる。相手の身長や体重、プレースタイルや得意・不得意なプレーが網羅されたそのノートに、桐生が少しだけ目を見開いた。

「……凄いわね、賀茂さん。良くここまで調べ上げてきたわね？」

「そう？　そうでもないよ？」

「謙遜しなくても良いじゃない」

「謙遜じゃなくて……今回は本当、普通に調べただけだから。両方とも有名校だから調べやすいってのもあったし……今は結構、動画サイトとかで上がるからね、中学生の試合とかも。調べるのは簡単かな？　良い時代だよね～、ホント。インドア派の私には有り難い限りだよ」

「……そうなの？」

俺に視線を向ける桐生。そんな桐生に、俺は黙って頷いた。

「俺、勝算あるって言ったろ？　勝算の一つが涼子だし」

「賀茂さんが勝算？」

「涼子、マネージャーさせたらスゲーからな。今回は動画サイトだけだけど、中学校の頃は相手チームの偵察とか行ってたし」

「……本格的ね」

「だろ？　普通、市民大会で此処までやるチームなんてねーだろ？　レクリエーションの延長で、相手チームを調べて、分析して、対策まで練るチームなんて。さっきの言葉じゃないけど、舐めてくれるなら舐めてくれた方が良いさ」

普通はそこまでやらないことをやるからこそ、試合にも勝てるってもんだろ？

「……ええ。勝てそうな気がしてきたわ」

そう言って微笑む桐生に。

「勝てそう、じゃねーんだ。勝つんだよ」

「……あれ？」

「どうしたの、東九条君？」

土曜日の朝。先日から女子バスケ部の厚意により、朝に体育館を使わせてもらえることになった俺は、『少し朝練でもしましょう？』という桐生の言葉を受けて、二人で学校の体育館に向かっていた。と、そこではダムダムというバスケットボールをドリブルする音が聞こえてき

た。その音に気付いた桐生も首を傾げてみせる。

「……誰か練習しているのかしら？」

「……まだ八時だぞ？　一番かと思ったんだが……」

そう思いながら体育館のドアを開ける。ぎーっと建て付けの悪いドアの音を立てながら開いたドアの内側では、一人の男子生徒がシュート練習をしている姿があった。藤田だ。

「……藤田？」

「はあ、はあ……お？　浩之と桐生さんじゃん。おはよ」

「あ、先輩方！　おはようございます！」

ゴール下でボールを拾っていた有森が、俺らに気付いてペコリと頭を下げてきた。そんな二人に片手をあげて応えながら俺は藤田の傍に向かう。その姿は汗だくであり、練習の激しさを感じさせる。

「……早いな。結構やってるのか？」

「朝六時からだから……二時間くらいか――っと」

俺との話の最中にも配球されるボール。そのボールを難なくキャッチすると藤田は、とても初心者とは思えない綺麗なシュートフォームでボールを放つ。そのボールはリングに掠ることなくネットに吸い込まれた……って、すげー！

「……凄い。藤田君、凄く上手くなってるじゃない！」

「へへへ、そっか？　まあ、結構練習したからな」

少しだけ照れ臭そうに鼻の下を掻く藤田。いや、マジでびっくりしたぞ、おい。

「……どれぐらい練習したんだ？　正直、驚いたんだが」

「朝、学校に行く前に二百本だろ？　放課後は練習した後に、家の近くのリングで百本くらい？」

「……毎日三百本か」

そりゃ、上手くなるわな。つうか、家の近くにリングあんのか。いいな、それ。

「まあ、最初はどーしようもなかったですけどね、藤田先輩。シュートフォームなんて……くくく……」

「……笑うな、有森」

「有森も手伝ってくれたのか、藤田の練習？」

「『シュートフォームとかわかんねーから教えてくれ』って言われたので……スマホで撮った動画見ます？　傑作ですよ、あれ」

「素人だから仕方ねーだろうが！　つうか、消せ！　恥ずかしい過去なんだよ、それ！」

「いいじゃないですか。あ！　今度この動画、サイトにアップして良いですか？」

「なにその公開凌辱！　良いワケねーだろ！　なに鬼畜なこと言ってんだ、お前！」

そんな馬鹿話をしながらも、配球されたボールを次々とシュートしていく藤田。

「……っち。外した。もう一本！」

「はーい。これで……二百！　ちゃんと決めて下さいよ！」

「任せろ！　左手は添えるだけシュート！」

　そう言って放った藤田のシュートはガン、ガンと二度ほどリングを跳ねた後、舐める様にリングを回りネットを揺らした。

「よっしゃー！　入った！」

「はいはい、んじゃ次の練習いきますよ？　体力、ありあまってるんでしょ、どうせ」

「おうよ！　次はなんだ？　『カニ』か？」

「んー……カニも良いですけど、次はパス練習しましょうか。あ、パス練習っていってもパスをする練習じゃなくて、パスを受ける練習です。折角東九条先輩もおられますし。今の藤田先輩なら、十分戦力になるでしょ、東九条先輩？」

「……そうだな」

　今の藤田なら、パスを出せば……上手くフリーの時に出せば、シュートを決めることも出来るだろ。まあ、マッチアップの相手が結構背の高いパワーフォワードだし、流石にマークに付かれたら厳しいだろうが。

「……問題は上手くフリーになる方法だが……」

　正直、その辺りが問題に——

「フリーになる方法？　任せろ！」

　——なに？

「……あんの？」

「ふっふっふ……あるんだよ、必殺技が。なあ、有森？」

「はい！　東九条先輩、きっとびっくりしますよ？」

そう言って二人して含み笑いを浮かべてみせる。なんだ？

「……そうだ！　折角だから桐生先輩、マークに付いてもらえません？」

「私？」

「ええ！　私と藤田先輩が考えた必殺技、受けてみてください！」

そんな有森の言葉に、こちらを窺うように視線を向ける桐生。そうだな……

「……やってもらえるか、桐生？」

「良いけど……必殺技でしょ？　『必ず殺す』と書いて必殺なんだけど……大丈夫？　主に、私の安全とか」

「……藤田？」

「大丈夫！　俺、女の子を傷つけたり出来ないし！」

「私の心は傷つけましたけどね、藤田先輩。デカいって。デカいって!!」

「……そういえば私も悪役令嬢って言われたわね」

「……その節は大変、申し訳ございませんでした」

二人のジト目に頭を下げる藤田。ま、まあ二人とも？　コイツ、デリカシーはないけど、悪い奴じゃないし。

「……まあ、良いわ。それじゃ見せてもらいましょうか、その必殺技とやらを」

そう言ってゴールを背にする様に藤田の前に相対する桐生。その姿を見やり、藤田と有森はニヤリと笑う……んだけど、なんだその笑顔。ワルイ笑顔になってんぞ？

「それじゃ、私がボールを入れて東九条先輩が取ったらスタートってことで！」

「オッケー！」

「分かったわ」

「それじゃ……用意、はじめ！」

そう言って有森がゴール下から俺にボールをパスする。そのボールをキャッチして。

「来なさい、ふじ──って、え？」

瞬間、藤田が右サイドに向かって走る。呆気にとられた様な顔をする桐生だが──流石、桐生というべきか、その藤田の動きに合わせて自分も右に走り。

「甘いわ──って、ええ!?」

ピタッと、その動きを止めると藤田は切り返して逆サイドに走る。ワタワタと足を止めた桐生が再び藤田を追って──って、おい！　今度はこっちに突っ込んできたんだが！

「浩之！」

「は？　ぱ、パスか？」

「パスは──いらない！」

「はぁ？」

そのまま俺の傍まで来るとUターン。追いかけてきた桐生を置き去りにする様にゴール下に走って。

「浩之！　パス！」

「……へ？　……っ！　あ、ああ！」

そのまま、ボールを藤田にパス。ゴール下でどフリーになった藤田は先ほど同様、綺麗なフォームでシュートを決めた。

「……どうだ、有森！　完璧（かんぺき）じゃね!?」

「オッケー、藤田先輩！　完璧です！　特訓の甲斐（かい）がありましたね！」

「有森のお蔭（かげ）だな！　シュート練習、付き合ってくれてサンキューな！」

「藤田先輩の頑張りですよ！　くぅー！　やった甲斐がありましたね！」

いえーい、とゴール下でハイタッチを決める藤田と有森。って……ええ？

「さあ、次ですよ！　東九条先輩！」

再び、有森からパスが俺に放たれる。

「くっ……ちょこまかと！　見てなさい！　次こそ止めるわ！」

「止められるものなら止めてみな！　俺のこの必殺技――名付けて、『犬は喜び庭駆けまわる作戦』を！」

「なによ、そのネーミングセンス！　もうちょっと何かないの!?」

桐生の絶叫が体育館中に響き渡った。

……十分後。

「……はぁ……はぁ……」

フリースローラインにペタンとお尻を落とす女の子座りをして息を荒らげる桐生と、全く疲れた様子を見せずに腰に手を当てて涼しい顔をしている藤田の姿がそこにはあった。

「……な、なによ……あ、あれ……ちょ、ちょこまかと……動きっぱなしで……」

「……喋るな、桐生。ほれ、水飲め」

「あ、ありがと……東九条……君」

俺の渡したペットボトルに口を付けてごくごくと一気で飲み干す桐生。ようやく一息ついたのか、恨みがましい目を藤田に向けた。

「……全然、疲れてなさそうね、藤田君」

「これぐらいは全然余裕だな！」

「そーですよ！　体力お化けなんですから、藤田先輩は！」

……確かに。桐生だって大概走っているが、藤田の運動量はそれ以上だ。それなのにピンピンしているって。

「……なるほどな。良い作戦かも知れん」

「ですよね！　私も折角体力お化けなのに勿体ないな、って思ってたんですよ！　シュート全然決まらないから役立たずだったんですけど……此処までシュートが決まるなら、使わない手はないと思います！」

胸を張ってそう答える有森。確かにな。

「……基本だよな～、バスケの」

まあ、バスケに限った話ではないが、基本パスを受けるスポーツはマークを振り切ってフリーになるのが一番重要だ。ただ、相手もいるスポーツで中々そんなことは出来ないから難しいだけで、豊富なスタミナのある藤田ならではの作戦と言えば作戦ではある。っていうか、意外にダイヤの原石なんじゃね、コイツ。

「……ただ、敵味方合わせて十人いるコートの中で何処まで通用するか……ああ、でも」

「お気づきになりましたか？　確かに狭いコートでは今ほど活きることはないかも知れませんが……それでも藤田先輩が縦横無尽にコート内を走り回ってくれたら、相手のディフェンスは混乱すると思うんですよね」

「……まあな」

特に混成チームならそうだろう。藤田のマッチアップは短気なヤツらしいし、自分の思い通りにいかないプレーを強要されるとブチ切れそうだな。

「……カードの一枚に加えさせてもらう。サンキューな、有森」

「いえいえ。私のしたことなんて大したことじゃないですよ。努力したのは藤田先輩ですし」

そう言って少しだけ呆れた様な視線を藤田に向ける有森。視線を向けられた当の藤田はきょとんとした顔をしてみせた。

「っていうか……なんなんですか、藤田先輩？」

「俺？　なんなんですかって……なにが？」

「普通、私たちバスケ部ですらそんなに練習しないですよ？　それを朝練や、放課後の練習後も練習って……やり過ぎですよ、絶対」

「そっか？　でも俺、全然疲れてないぞ？」

「そういう問題じゃなくて！　藤田先輩だってやりたいことあったんじゃないんですか？　それをずーっとバスケ、バスケって……なんです？　バスケ、楽しくなってきたんですか？」

「あー……まあな。確かにゲーセンでゲームとかもやりたかったけど……でもな？　シュート練習は楽しかったぞ。基礎練はちょっと、だけど」

「はぁ……まあ、良いですけど」

そう言って、つまらなそうにボールをダムダムとその場でついてみせる有森。

「……なんか不満なのか？　俺が練習するの」

「別に……不満ってワケじゃないんですけど……」

何かを言いたげに、それでも少しだけ言い淀んだ後、有森は口を開く。

「その……私、バスケ部じゃないですか？」

「そうだな」

「なのに、きっと藤田先輩より練習してないし……努力もしてないから」

……なんとなく、負けた気がして、と。

「……すみません、愚痴でした。藤田先輩、頑張って練習してるのに、水を差す様なことを言って」

そう言って胸元でボールを抱きしめて、ペコリと頭を下げる有森。そんな有森をじっと見つめた後、藤田は頭をガリガリと掻いた。

「あー……その、なんだ。すまん」

「いえ……こちらこそ」

「ただ……その、なんだ？　俺もさっき言ったけど別に無理矢理しているわけじゃないぞ？　単純に楽しいからしてるだけで」

「……それは、私がバスケを楽しんでないって――」

「ああ、そうじゃなくて」

そう言って藤田は視線をちらりとこちらに向ける。

「……なんだよ？」

「こないだワクドで会った時、お通夜みたいな空気だったじゃねーか。ホレ、俺がこのバスケチームに参加するって決まった時」

「……そうだな」

お通夜はともかく……まあ、若干行き詰まった感はあった。

「困ってたんだろ、浩之？」

「……まあな」

俺の言葉に藤田は一つ頷いて。

「だからだよ、有森」

……なにが？　え？　俺だけが分かんないの？　そう思い桐生と有森に視線を向けると、二人ともきょとんとした表情を浮かべていた。良かった。藤田、日本語でプリーズ。

「……ええっと……意味が分からないんですけど？　なにが『だから』なんですか？」

「いや、だからさ？　別に俺はバスケが好きってワケじゃ……まあ、最近は面白いけど、ともかくバスケ部の連中ほどバスケが好きってワケじゃねーの」

「……なのにあんなに沢山練習しているんですか？」

「いやだから……するだろうが、普通」

「……ごめんなさい、本当に意味が分からないんですけど？」

「だー！　なんで分からないんだよ？　だって浩之が困ってんだぞ？」

そう言って俺に視線を向けて。

「ツレが困ってたら助けるだろ、普通」

「――っ！」

「浩之が困ってた。んで、俺にその手助けが出来る。それなら頑張るだろ、そりゃ。え？　お前、頑張らないのか？　ヤダー有森さん、つめたーい」

「なんですか、その喋り方！　が、頑張りますよ！　そ、そりゃ、頑張りますけど！」

わちゃわちゃと両手を振る有森。そんな有森に、藤田は優しい笑顔を浮かべてみせた。

「……冗談だよ。だよな？　お前にデリカシーない発言した俺にも手助けしてくれるもんな、お前。良いヤツだと思うし」

「ほ、褒めてもなんにも出ませんよ！」

「別に何もいらんが……まあ、そういうことだよ。浩之が困ってて、俺が手助け出来て、俺が頑張れば浩之の助けがもっと出来る。なら、頑張るだろうって話だ。別にバスケが好きとかそういう話じゃないし」

「……」

「それに……さっきお前、俺に『努力』してるって言ったよな？　言っとくけど俺、努力なんか一切してないぞ？」

「あ、あれだけ練習していて、ですか？　まだ努力が足りてないって……」

「そうじゃなくて。自分の好きなことしてるんだぞ？　んなもん、『努力』って言えるか？」

「い、言えないんですか？」

「言えないに決まってんだろうが。『努力』ってのはな？　嫌いなことする時に使う言葉なんだよ。勉強とかな。俺、格ゲー好きだけどよ？　格ゲーの必殺技のコマンド努力して覚えるゲーマーが何人いると思ってんだよ？　ゼロだ、ゼロ。皆、好きだからやってるんだよ。プロゲーマーとかはともかく……俺ら一銭にもならんアマチュアはな。好きなことやってる人間は

『努力』してるって言わないんだよ」

　そう言い切る藤田に、口をあんぐり開ける有森。そんな姿を苦笑で見やり、藤田は言葉を続けた。

「だから、そんなに卑下すんなって。実際、俺はお前にすげー感謝してるし……アドバイスも的確だしな。バスケ好きなんだな～ってのは分かる」

「……で、でも……そ、その……」

「なんだ？」

「そ、その……そ、そんなにどりょ——が、頑張って、自分のしたいことせずにバスケをしても……そ、その……」

　もじもじと言い淀む有森。やがて、囁く様に、ポツリと。

「……藤田先輩に……め、メリット……な、ないのに……」

　……うん。分かる。この試合で勝っても別に藤田になんにもメリットはない。ないが、それを『ツレの為に頑張る』って言ってくれた藤田に言うのは抵抗あるよな。なんか、自分は見返り期待してるみたいな感じに聞こえそうで。

「す、すみません！　なんか今、凄く失礼で情けないっていうか、自分が小さくてイヤになるっていうか……と、とにかく、す、すみません!!」

　可哀想になるくらい頭を下げる有森。そんな有森に、藤田は苦笑の色を強くする。

「……だから、そんなに卑下するなって。別に俺は聖人君子じゃねーから、当然俺にもメリットがあるに決まってんだろ？」

「……あんの？　俺、ワクドぐらいしか奢(おご)れないぞ？」

「充分だが……そんな即物的なモンじゃねーよ」

「な、なんですか？　藤田先輩のメリットって」

「んなもん、決まってんだろ？」

そう言って藤田は苦笑をにこやかな笑みに変えて。


「──ツレが喜んでくれるんだぞ？　それ、最高のメリットじゃね？」


ポーン、と、ボールが跳ねる音が聞こえた。

「うお！　あ、有森？　どうした？　顔、真っ赤じゃねーか！」

慌てた様に藤田が声を上げげて、有森に近寄る。そんな有森の表情を見やると。

「……あ……あ……あぅ……」

……頬(ほお)を真っ赤に染めて、潤んだ瞳で藤田を見つめる有森の姿がそこにはあった。良く見れば手も唇も震えてるし。ボール落としたこと、気付いてないんじゃないか、アレ？

「だ、大丈夫か!?」

「……？　……っ!!　だ、だいじょうぶでし！」

「なんだよ、『でし』って。おい、マジで顔真っ赤だぞ？　大丈夫か？」

「だ、大丈夫です！　だ、大丈夫ですから、そんなに近くに寄らないで下さい！」

「なんでだよ！　そんな真っ赤な顔して……保健室……は開いてないか。病院行くか？」

「だ、大丈夫！　ほ、本当に大丈夫ですから!!　あんまり優しくしないで下さい!!」

「……えー……なんでだよ？　俺、お前に本当に感謝してるし、お前がしんどい姿を見るのイヤだぞ？　なんにも出来ないけど、看病ぐらいはさせてくれよ。な？」

「――っ!!　な、なんですか！　藤田先輩、私を殺すつもりですか!!」

「……なんでだよ」

真っ赤な顔でじりじりと後ずさる有森と、間合いを詰める藤田。表現がアレだが……うん、まあ……いいんじゃね？

「……ねえ」

「なに？　つうか回復したのか？」

「貴方(あなた)のお水のお蔭(かげ)で。それにしても……」

そう言って桐生は少しだけ頬を上気させて。

「私――人が恋に落ちる瞬間って、初めて見たわ。ちょっと……っていうか、物凄く、その……きゅんきゅんするわね!!」

「……そうかい」

まあ、お前、恋愛小説大好きだもんな。っていうか、俺もこんな見事に恋に落ちる瞬間は初めて見たが。

幕間　或いは川北瑞穂と親友二人

母親が買ってきてくれた料理本『愛情一杯！　これでカレシをゲットだぜ！　必勝料理大全～立身出世編～』（シリーズ二冊目らしい）を読んでいると、病室のドアがノックされた。

「はーい」

「やっほー、瑞穂（みずほ）」

「来たよ、瑞穂」

「雫（しずく）、理沙（りさ）。いらっしゃい」

そう言って入ってきたのは、雫と理沙の二人。そんな二人を寝そべったままのベッドから体を起こして迎える。

「なに読んでんの？　あ、こないだの本？」

ふっと、私の本に目を通し、その後難しい顔になる理沙。ああ、やっぱり？　そういう反応になるよね？

「ええっと……料理本、だよね？」

「そうだよ」

「なに？　立身出世って」

「彼女から奥さんに立身出世する料理って意味らしいよ。流行でしょ、婚カツ」

私の説明に、驚いた顔になる理沙。それも一瞬、楽しそうな笑顔に変える。

「面白そうだね、それ」

「中身は普通の料理本だけどね。ちなみに、旦那さんが言うことを聞く様になるような料理が載ってる『天下統一編』と、姑さんを唸らせる『下克上編』も好評発売中らしいよ？」

「なに、そのセンス」

おかしそうに笑う理沙に、私も笑顔になる。と、そんな私たちを興味深そうに見つめていた雫が口を開いた。

「ねえ、瑞穂？」

「ん？　どったの、雫？」

いつになく、もじもじと煮え切らない雫。そんな雫に、首を傾げていると。

「その本って……料理の勉強になる？」

突然、そんなことを言いだした。料理の勉強って……

「……どうしたのよ、急に。んー……私もまだ実践したわけじゃないからなんとも言えない、っていうのはあるわよ？　でもまあ、役に立たないことはないんじゃないかな？」

料理本だし。当たり前だがレシピも載ってるしね。涼子先輩曰く、『料理はね？　理科の実験とかと一緒だよ？　決められた材料を、決められた分量で、決められた時間で調理すればそんなに失敗ってないんだ』らしいので、レシピ通り作れば失敗はしないのだろう。っていうか。

「……本当にどうしたのよ？　雫、料理なんて興味ないんじゃなかったっけ？」

私も人のことは言えんが……雫だって私と同等の『バスケ馬鹿』のハズ。訝し気な私の視線に『うっ』と小さく声を上げて雫が視線を逸らした。怪しい……

「……なに？　内緒ごと？」

「な、内緒じゃないけど……は、恥ずかしいっていうか……」

「なによ、恥ずかしいって。中学時代からの付き合いの私たちに、今更そんな恥ずかしいことなんて――」

……。

…………。

…………ん？　料理？　あれ？　それって、もしかして……誰か、手料理を振る舞いたい人がいるってことじゃ……

「……雫、アンタ……もしかして、好きな人出来た？」

……返答はなかった。なかったが、一発で分かる。耳まで赤く染めて俯くその姿が、何よりも雄弁に語っていたから。

「――って、え、えええええええぇぇえええ!?　だ、だれ？　私の知ってる人!?　っていうか、理沙は知ってるの？　誰、誰!!」

「や、やめてよ、瑞穂！　ほ、本当に恥ずかしいんだから！」

「なになに？　付き合ってんの!?」

「つ、付き合ってないわよ！　わ、私の……そ、その……か、片思いで」

そう言って火照った顔でツンっとそっぽを向く雫。なにこの子、めっちゃ可愛くない？

「……うわー……雫が乙女な顔してるよ、理沙」

「そうだね～。気持ち悪いよね？　あのガサツを絵に描いた様な雫が」

「……ひどくない、理沙？」

「瑞穂もその内思うよ。アレだけ『藤田先輩、藤田先輩』って学校でも部活でも、果ては家に帰ってまで電話掛けてきたら。正直、鬱陶しいよ？」

笑顔を浮かべながら――なんだろう？　なぜかその笑顔に青筋が浮かんで見える。苦労してるんだね、理沙……

「……それにしても……雫に好きな人か～。藤田先輩っていうの、その人？」

「……う……う、うん」

「へー。どんな人？　格好いい？　身長高い？」

「……体力お化け」

「……はい？」

「……なんていうか……スタミナの塊みたいな人。顔は……まあ、悪くはないと思う。別に嫌いな顔ではない、かな？」

「ほうほう。それで？　雫さんといえば『身長は百八十五センチ以上ないと無理！』と言っておりましたが……どんなもん？」

「……五」

「五？」

「……百七十五センチ」

「えー!!　それじゃ雫、五センチしか変わんないじゃん！　アンタ昔言ってなかった？　『ヒール履いてる時に自分より背の低くなる様な男はイヤ！』って」

「うぐ……い、言ってたけど……」

「なになに？　どうしたの？　どんな要素があって宗旨変えしたのよ！　今の話じゃ顔ってワケでもなさそうだし……」

バスケ馬鹿とか言われている私だが、そうはいっても花の女子高生。特に、私と一緒ぐらいバスケ馬鹿だったこの親友の恋路に興味が湧かないわけがない。

「……ほら、雫？　もう此処まで喋ったら一緒じゃん？　ちゃんと瑞穂にも報告しなさいよね。つうか、報告して。そして瑞穂？　貴女もこの子の恋愛相談に乗ってあげて。私はもう……疲れたから」

「……なんか一気に聞きたくなくなるような」

……とはいえ、気にはなる。ガサツの代名詞みたいな『あの』雫にこんな顔をさせる男ってどんな人なんだろうと。

「……そ、その……藤田先輩っていうんだけど……」

「……うん」

「か、顔はまあ普通で、身長もそんな大きいワケじゃないんだけど……な、なんていうのかな？　こう、物凄く優しいっていうか……」

「優しい？　なんかふわっとしてるね……なに？　どんな優しいことされたの？　荷物持ってもらったりとか？」

「……」

「なに？」

「瑞穂、流石に私を馬鹿にし過ぎじゃない？　流石に荷物持ってもらったぐらいで惚れたりしないって！　私だって女の子扱いされたことぐらいあるわよ！」

ぷくっと頰を膨らます雫。おお。それは失敬。

「んじゃ何さ？」

「いや、別に私が優しくされたワケじゃなくて……こう、なんて言うんだろう？　とにかく、頑張り屋さんっていうか……その頑張りも、自分の為じゃなくて、誰かの為に出来る人なんだ。誰からも評価されなくても、全然気にしない人っていうか……誰かの笑顔の為に努力……じゃないや、頑張れる人で。そんな姿がね？」

物凄く、格好良くて、と。

「……おうふ。べた惚れじゃね、これ？」

「瑞穂、私も同感。何が背の高い人だ、何が」

「それは……まあ、うん。たぶん、私もまだまだお子ちゃまだったといいましょうか……人間の大きさって身長じゃないね。器だよ、器」

少しだけ照れ臭そうに、それでいて誇らしげにそう宣う雫。お、おお……あの身長至上主義の雫がこんなことを言うとは……

「……そんな器の大きい人なの、その『藤田先輩』って。理沙はあったことあるんでしょ？」

「あるけど……でも、そんな器の大きい人の感じはしないかな？　良い人だとは思うけど……お調子者っぽいっていうか」

「んー……まあ、確かに。お調子者ではあるかも」

そう言って雫も苦笑を浮かべてみせる。あれ？

「……怒んないの？」

「なにが？」

「いや、だって……好きな人の評価が『お調子者』ってどうよ？」

少なくとも、あまり良い評価ではない気がするが。そんな私の疑問に、雫は苦笑を持って応える。

「……別に気にしない、かな～。さっきも言ったけど……誰の評価が高くても、低くても、そんなことで藤田先輩の価値は変わらないもん。あの人は、とても優しいくせに、その優しさを表に出さない。誰かの為に頑張れる凄い人なのに……そんな凄い姿を見せずにいつも笑って、冗談ばかり言って……それがお調子者に見えることもあるもん。でもね？　藤田先輩は、それでも誰かの為に動ける、そんな人だから。損してる様に見えるけど、そんな悲痛なことはこれっぽちも考えてなくて、そんな姿は見せなくて、笑って……なんていうか……うん、なんかその生き方が『良いな』って、格好いいなって……そう思うんだ」

そう言って笑んでみせ。

「だから――あの人の『大事な人』になりたいな～って。きっと、凄く大事にしてくれるだろうし……それってさ？　きっと物凄く幸せなことだと思うから」

そう言って、とても綺麗な微笑みを見せた。あ、あの雫が……げ、解せぬ。

完全に『乙女』な顔をする雫を理沙と二人で散々からかい、看護師さんに『煩い！』と怒られて、しばし。

「……それで？　瑞穂はいつ退院なの？　っていうか、二週間ぐらい入院してるけど大丈夫なの？　そもそも靭帯切れてこんなに入院するの？」

雫の当然と言えば当然の言葉に、少しだけ眉を顰める。

「……大丈夫なんだよね、それが」

概ね、靭帯が損傷してから入院は一週間前後と言われている。リハビリも順調に進んでいるので、退院自体はもうすぐ出来る。っていうかぶっちゃけ、もういつでも退院して構わないのだが。

「……ウチ、両親共働きだから。一人で生活できない娘抱えるぐらいなら入院しておけ、って」

「……それは……」

「ちょっと……可哀想（かわいそう）？」

「だよね？」

母親も大急ぎで長期休暇をとる為に残業したらしく、『ようやく高い個室から出せるわ』と、怪我（けが）の具合を聞いた時よりも嬉しそうだった。この入院で、親の愛というものを疑った私にとって、その言葉は止（とど）めとなったのは言うまでもない。

「……まあ、そういうわけでそろそろ退院できるかな？　学校の方も部活中の怪我だったじゃん？　だから公休扱いにしてくれるらしい」

尤（もっと）も、補習はあるらしいが。それでもまあ、二週間もリフレッシュできた。退院後に何しようか、それが迷いどころではあるのだが。

「……そっか」

「ん？　どったの、理沙？」

「いや……それでさ？　瑞穂、その……バスケ部は……？」

言いづらそうに、そう話を切り出す理沙。その姿に、私は思わず苦笑を浮かべて。

「……バスケ部は、やめるよ」

自分でも、予想しないぐらいにするりと言葉が出てきた。

「……」

「……まあ、ほら？　私なんてちびっ子じゃん？　どんなに頑張っても兄貴みたいな凄い選手にはなれないだろうし……このタイミングじゃなくてもきっと、何処かでバスケはやめてたと思うよ」

　兄貴は名選手と言っても過言じゃない。まあ、流石にＮＢＡに行くのは難しいだろうが……このまま大学でもバスケを続けて、実業団でもバスケ、上手くすればプロ選手になれるかも知れない。

「……私じゃどう頑張っても大学生までだろうしね。まあ、ママさんバスケ……みたいなサークルがあるかどうかはともかく、そういうサークルみたいなモノには参加するかも知れないけど……きっと、『本気』でバスケをするのはもうお仕舞かな。折角だし、料理でも頑張って浩之先輩にでも振る舞おうかな～。あの人もバスケをやめた先達だし？　気晴らしの方法とかも教えてもらえないかな～って」

　まあ、そうは言っても件の浩之先輩にはあの日以来、逢ってはいないのだが。私の言動にも問題があったのは百も承知だが、それでも流石に冷たすぎじゃないですかね、浩之先輩！

「……そっか。瑞穂、バスケやめちゃうのか」

「……ごめんね、理沙」

「ううん。それが瑞穂の判断なら……私はそれを尊重するよ」

　そう言って悲し気に微笑む理沙。そんな笑顔に、少しだけ、胸が痛く――

「──アンタさ？　それで後悔しないの？」

──不意に、雫がそう声を掛けてきた。

「……」

「私も理沙と一緒。瑞穂がバスケをやめる選択肢を選ぶんなら、それを尊重するし、別にバスケをやめたぐらいで友人関係壊れるとも思ってない」

「……ありがと」

「でもアンタ、本当に後悔しないの？」

「……」

「どうなのさ？」

「し、雫！　言い過ぎよ！　瑞穂、気にしなくて──」

「……するよ、きっと。絶対、後悔するに決まってるじゃん」

「……」

「でもさ？　じゃあ、どうすれば良いの？　私、バスケ大好きだよ？　でも、そんなに上手くないんだよ!!　雫ほど背も高いワケじゃない私が、リハビリして試合に出られるの？　そんなに簡単にいくワケないじゃない！　私には努力しかないんだよ!!　その努力を取り上げられて……どうすれば良いのさ!!」

神様というヤツがいるのなら、ぶん殴ってやりたいぐらいに、恨めしい。

頑張ることしか、努力することしか能のない私が、なぜその努力を取り上げられなくちゃいけないのか。別に、私じゃなくても良いじゃないか。他にもっと……怪我なんか気にしなくても良いぐらい、実力のある選手だって良いじゃないか。

なんで——私なのか。

そんな最低で、最悪で、情けないことを考えていた私に、雫が小さなため息を吐く。なぜだろう？　その姿にカチンときた。

「良いわよね、雫は！　身長が高いし、バスケも上手いし！　ちょっとぐらい怪我しても、直ぐにレギュラーに復帰出来るだろうし！」

「……まあね。私も小さい頃半月板やったけど、直ぐにレギュラーに復帰出来たし。身長の高さってのは、バスケ選手の生命線だからね」

「ああ、そう！　なに？　それ、自慢？　それとも憐れみ？　身長の低い私は無理だって言いたいワケ⁉」

「そうは言ってない。言ってないけど、現実的に考えて私は直ぐにアンタがレギュラーに復帰するのは厳しいとは思ってる。特に練習の虫であるアンタが、その練習を取り上げられたら特にね」

「でしょう？　なら、私は——」

「でもさ？　アンタ、本当に『努力』したの？」

「——っ‼　したわよ！　私は努力したわよ！　なに？　私の努力程度じゃ足りないっていうの⁉　もっと頑張って、レギュラー取れるようになれっていうの‼」

「ああ、そうじゃなくて。これさ？　私の好きな人が言ってた言葉なんだけど」

そう言って、視線をこちらに固定して。

「『好きなことやっている人間は『努力』してるって言わないんだよ』」

「……っ」

「……アンタが一生懸命練習していたのは私も知ってるし……その姿に励まされたことも何度もある。感謝もしてる。でもさ？　その人の言葉で思ったんだ。確かに練習は苦しかったし、辛かったけど……でも、バスケをしている時って『楽しい』んだよ」

「……」

「瑞穂はどうなの？　バスケ、好きでしょ？　楽しいんじゃないの？」

「それ……は……」

「こっからは私の我儘だけどさ？　私はアンタとバスケをしている時が凄く楽しい。アンタのトリッキーなパスが通って、私がシュートを決めた後のあの悪戯っ子みたいなアンタの表情が堪らなく好き」

「……」

「叶うなら、私はもっとアンタとバスケがしたい。でもまあ、リハビリがしんどいのは経験者として分かるから無理強いも出来ない。だから、私が言えるのは一個だけ」

——後悔しないように、選択してほしい、と。

「……やめない方が……良いの？」

「分かんない。たださ？　もし、迷ってるなら……少しだけ、時間をくれないかな？」

「……時間？」

訝(いぶか)しむ私に、雫は大きく頷(うなず)いて。

「来週の市民大会、一緒に観戦に行こ？　それから判断してよ？」

そう言って雫は微笑んだ。

第六章　ロマンスのかみさ——違う！　これ、ラブコメの神様だ！

「今日はよろしくね、東九条君！」

「こちらこそよろしくお願いします、雨宮先輩。それと……遅くなりましたが、練習場所の提供、ありがとうございました」

　手を出してくる女子バスケ部キャプテンである雨宮先輩に、ゴシゴシとハーフパンツで手を拭ってその手を握る俺。そんな俺に苦笑を浮かべながら、雨宮先輩は左手に抱えたボールをポンポンとついてみせる。

「そんなに畏まらないで。智美から聞いた。瑞穂の為に頑張ってくれてるんでしょ？　本当は私たちがしなくちゃいけないことなのに……むしろ、押し付けてごめん」

「いえ、押し付けてなんて……僕にとっても可愛い後輩ですし」

「幼馴染なんですって？　良いわね、そういう関係」

　憧れるわ～なんて笑いながら、それでもキリっとした表情を浮かべた後、雨宮先輩はこちらに視線を向ける。

「……それじゃ、確認。試合は一ピリオド八分の休憩二分のクォーター制。ハーフタイムは八分、ボールのサイズは六号ね。レギュレーションは今度の市民大会の男女混合の部の規定に合わせたけど……問題ないかしら？」

「はい。その、本当にすみません。お忙しいのにお付き合い頂いて」

「さっきも言ったけど、気にしないで。本当は私たちがやらないといけないことだから……でもね？」

そう言って雨宮先輩はニヤリと笑い。

「負けるつもりはないから。手加減は……しないよ？」

「……望むところですよ」

「上等。それじゃ、始めましょうか」

練習試合を、と。


……なんでこんなことになったかというと、時計の針を二日ほど遡らせなければならない。

◇◆◇

「ねえ」

「ん？　どうした、桐生？」

いつも通りの練習終わり。体育館のモップ掛けをしている俺の隣に同じようにモップ掛けをしていた桐生が並んでそう話し掛けてきた。

「私たち、結構練習した……のかしら？」

「……そうだな。結構練習したと思うぞ？」

「相手チームに勝てるぐらい？」

「……」

　試合に出よう、と決めたあの日以来、休みなく毎日練習してる。智美や秀明（ひであき）といった経験者はもちろんだが、桐生や藤田（ふじた）の初心者組のレベルも相当高くなっているのだろう。まあ、それで全国常連校に勝てるかといえば、中々厳しいが。

「そこはまあ……戦略次第、って感じか」

「隠し玉があるのかしら？　私たちが知らない様な、あっと驚く作戦が」

「……ないな」

　いや、桐生や藤田の成長が隠し玉といえば隠し玉なんだが……そもそも相手は俺らのことなんて知らないだろうし興味もないだろうチームだ。隠し玉もへったくれもあったもんじゃない。チームメイトに対して秘策があるのかと問われれば……残念ながら、否（いな）、だ。

「……にしても……どうした、急に？」

「……ちょっとだけ、不安なのよ。一生懸命練習したつもりだし、手を抜いたつもりはないけど……自分たちがどれくらい上手（うま）くなったのか、とか、今現在の『強さ』はどれくらいなのか、とか……そういったものを計る指標がないじゃない？」

「あー……」

まあ、確かに。ずっと練習をし続けてきてはいるが、人数の関係上どうしたって実戦形式の練習は出来ないからな。経験者である俺たちからすれば、ある程度指標みたいなものが見えるからそこまで不安はないが……っていうか。

「……もしかして緊張してたりする、お前？」

「……悪いかしら？」

そう言ってツンっとそっぽを向く桐生。いや、別に悪くはないよ？　悪くはないけど……

「……なんだろう？　ちょっと意外っていうか……お前、緊張とかしないタイプだと思ってた」

「何を知っているのよ、私の」

「……そう言えばなんにも知らねーな」

意外に良いヤツ、ぐらいにしか桐生のことを知らないのかも知れない。『桐生は緊張しない』という思い込みも、スポーツ万能の桐生だし、くらいの表面をなぞった感想だし。

「……でもまあ、確かに東九条君の言うとおりね。私はテスト前とかピアノやヴァイオリンのコンクールの発表会とかでも緊張をしたことはないわね」

「逆に聞くけど、なんで？　普通、緊張しない？」

「分からないわ。分からないけど、きっと『緊張』というのは、いい結果を出そうとか、そういうことを考えたりするからするものだと思うのよね」

「……ピアノやヴァイオリンは違う、と？」

「良い結果を出そうと思ったことはないわね。全力を出そう、とは常々思っていたけど。そうすれば結果はおのずとついてくると思っているし」

「……ストイック過ぎね？」

「そうかしら？　むしろ、緊張は焦りを生み、焦りはミスを生むから緊張はしない様にしようと思ってたんだけど……」

そう言ってこちらをチラリと見やる。

「……東九条君、勝ちたい？」

「そりゃな」

勝てばどうなるか、なんてのは分かんない。それでも、試合にも勝てない様な俺が、瑞穂に何か言う資格ってのがない様な気はしてる。強豪相手に、二年練習サボったヤツが勝って……それで初めて、なにかしらモノが言えるんじゃねーかって気はある。

「……今まで私は自分の為に頑張ってきたわ。だから、結果が出なかったとしても悔いは……まあ、あるけど、それでも納得出来てたのよね。これが今の実力だ、って。でもね？　今回はそうじゃない」

そう言って視線をこちらに固定して。

「私も勝ちたい、東九条君。勝利を求める貴方の為に……そんな、貴方の力になりたいわ」

そう言って綺麗な微笑みを見せる桐生。

「……どうも」

……照れ臭いんですが。いや、めっちゃ嬉しいんだよ？　嬉しいんだけど！

「……ふふふ。本当に、貴方といるといつも新しいことを学べるわね？　人の為に何かをするっていうのは、こんなにも緊張して……そして、ワクワクするものなのね？」

「……ごめん、照れ臭い。勘弁して」

「やーだぁ」

そう言ってペロリと舌を出す桐生。おい、お前。その姿、可愛いんですけど？

「……まあ、この恩はいずれ返す」

「別に恩に着せようってつもりもないけど……」

「俺の気が晴れん」

「そう？　それじゃ、お言葉に甘えて何か考えておくわ」

「あ、高いモノは勘弁な？　貧乏学生なんで」

「お金でカタが付くようなものは要求しないわよ」

一息。

「──そもそも私、お金はあるもの。正確には私じゃなくて我が家、だけど」

「……一気に悪役令嬢っぽくなったんだが？」

「馬鹿ね？　そうじゃないわよ。折角貴方が何かをしてくれる、って言うんだもの。金銭じゃ満たされないものを求めるって話。心配しないで、難しいことでも危険なことでもないから」

そう言って、もう一度にっこりと微笑む桐生。

「……はいよ。にしても、そうだな。桐生の不安は考えなくちゃいけねーな」

練習は確かにしてきたが、実戦経験に乏しいのは事実だ。どれくらい修正出来るかはともかく、それでも試合形式の練習ぐらいはしておきたい。チームプレーの確認もしたいし。

「どったの、ヒロユキ？　難しい顔して」

「……智美か。いや、俺らって練習はしたけど、実戦経験皆無だよな、って話」

「あー……まあね。でも、そっか。確かに一回ぐらいは実戦練習しておかないと厳しいよね？」

そう言って少しだけ中空を睨む智美。

「……ええっと……明日はアレがあるし……うーん……」

その間、しばし。やがて、智美は少しだけ自信なさげにこちらに視線を向けた。

「どうなるか分からないけど……聞いてみようか？」

「聞いてみる？」

「女子部のキャプテン。雨宮さんっていう人なんだけど、雨宮さんも瑞穂のこと心配してくれてたし……話ぐらいは聞いてくれると思う」

「……良いのか？」

「もちろん！　でも……そんなに期待しないでね？」

◇◆◇

まあ、そんなこんながありまして……智美から『オッケーだって！　練習試合、しようって』という返事が来たのはその翌日のことであり……まあ、冒頭で俺が雨宮先輩と硬く握手を交わしている理由だったりする。

「……それじゃ東九条君、良い試合をしましょう?」

「……お互いに」

もう一度視線をバチバチとやり合わせ、俺は自陣のコートに戻る。桐生、智美、秀明、藤田の四人がこちらに向ける視線に俺はニヤリと笑ってみせ。

「——勝つぞ?」

「「「「——おう!」」」」

バスケットの試合は基本、クォーター制と呼ばれ、試合を四回に区切って行われる。年齢やカテゴリーによって違うが、今回は一ピリオド八分だ。まあ、市民大会で男女混合ならこれぐらいの試合時間が無難だろう。一日で何試合もするしな。

「……お疲れ」

「はあ……お疲れ」

ちなみに今回の試合は男女混合の青年の部のレギュレーションに合わせて一クォーター八分で行われる。今は一クォーターが終了して二分のインターバルだ。スコアボードについた数字は二十六対十二で。

「……な？　上手くなってるだろ？」

俺たち混成チームがリードしていたりする。スコアボードをマジマジと見つめ、桐生は少しだけ驚いた様に視線をこちらに向けた。

「……私たち、強いの？　女子バスケ部相手に、こんなスコアって……」

「強いっていうか……まあ、こうなるだろうと予想はしていた」

別段、バスケに限った話ではないが、とかく対人のスポーツというのは男女の差ってのが大きく出る。テニスにしたって、バレーにしたって、野球やサッカーにしたって、どうしたって男子の方が有利になるのは仕方ない。実際、ウチのチームのセンターは秀明だが、女子としては比較的背の高い方の有森と比べても十センチ以上の差があるんだ。ゴール下は秀明無双だよ、そりゃ。

「智美がこっちのチームだし、瑞穂は不在。レギュラー陣二人抜けりゃ、そりゃ厳しいだろう」

加えてこっちには現役の女子バスケ部のエースである智美、名門聖上でベンチメンバー張ってる秀明、それに……まあ、こう見えて一応は国体選抜候補に選ばれた俺がいるんだ。五人中三人が経験者、内二人はバリバリの現役で、一人は選抜候補なら……まあ、負けたら少し格好がつかないとは思ってた。チームワークも良いしな、俺ら。

「お前や藤田の動きも良いしな。さっきのスリー、ナイス」

実際、二十六点の内十点は桐生が、残り八点は藤田が上げている。試合慣れを考えて二人にパスを多めに投げたのを勘案しても、これは結構優秀な数字だろう。桐生は卒なく動いてパスを受けてスリーを決めてみせたし、藤田は藤田で例の『犬は喜び庭駆けまわる作戦』で相手陣内をかき乱してくれているし。

「……これなら例の名門チーム連合にも勝てるかしら……？」

「……まあ、それは高望みし過ぎかも知れんが……少なくとも、絶対に無理ではないだろうな」

今日の感じなら十分に手応えはある。秀明や智美は今のままで良いし、藤田のあの作戦は使える。桐生のスリーの打ち方も悪くない。つうか。

「……お前、マジでスリー上手いな」

「先生が良いから」

「……藤原か？」

「……ばーか。本気で言ってるなら清々しいくらいのおバカさんよ？」

んべ、と舌を出す桐生。そんな桐生の視線に、俺は頭を掻いて応える。分かってるよ。照れ隠しだよ、こん畜生。

「……俺、そんなに教えた記憶ないけど？」

「見取り稽古って知らない？　見て学ぶってのがあるのよ」

「……はいはい」

「藤原さんを馬鹿にするつもりも、感謝もしないつもりもないのよ？　でも……私の中で、貴方のシュートフォームが一番綺麗だから。ついつい、真似しちゃうのよね」

「……さよけ」

「左様です」

「それは何か？　許嫁贔屓か？」

「そうね……『女の子贔屓』ってことにしておきましょうか」

「女の子？」

「前に何かつくのよ。教えてあげないけど」

そう言って桐生は席を立つと智美の元へ。『ナイスシュート、桐生さん！』『鈴木さんも！』なんて会話を交わす二人を見ていると、視線を感じた。藤田だ。

「……試合中にいちゃつくの、やめてもらって良いですか～？　士気が落ちるんで～」

「いちゃつくって……そんなつもりはないが」

「はいはい」

「あのな……と、藤田。ナイスプレー。あの作戦、良いな。本番でも使うぞ？」

「お？　そっか？　最初はどうなることかと思ったけど……でもさ？　俺、さっきから攻めてばっかりだぞ？　折角、ディフェンスの練習したのに使ってないというか……」

藤田のマッチアップは身長百六十半ばくらいの女子だ。此処でもセンター同様、十センチ近くミスマッチがある。

「お前の手の内は全部有森に知られてるだろうしな。敢えてディフェンス粘っこいヤツのところから攻めたりしねーだろ。オフェンスにしても身長差もあるし、打ったら落ちるの祈れ、ぐらいは言ってんじゃねーか？」

実際、藤田のシュートは八の四で、シュート成功率は五十パーセント。まあ、これでも初心者にしては大健闘と言って良いだろうが、もうちょっと入れば言うことはない。

「むむむ……それはつまり、俺が舐められてるってことか？」

「そうじゃねーよ。攻めやすいところから攻めようって話だろ？」

不満そうに頬を膨らます藤田。やめて。お前がしても可愛くないから。

「……ま、そこのところはこの後の練習で秀明に付き合ってもらえ。さ、そろそろ第二クォーター始まるぞ？」

「分かった！」

そう言ってコートに戻る藤田。その後を続く様に動く面々を眺めながら俺もその背に続くと、不意に掛かる声があった。

「……上手いね、君たち」

雨宮先輩だ。

「……うっす」

「まあ、女子と男子の体格の差もあるし……そっちには智美もいるし、あのセンター、聖上の秘蔵っ子でしょ？　東九条君も上手いし……それに桐生さん！　あの子、バスケ部入らないのかな？　君から言ってくれない？」

「勧誘は直接本人へお願いします」

「良いの？　智美から聞いたけど……桐生さんのマネージャーじゃないの、君？」

「……」

智美……誰がマネージャーだ、誰が。

「違うのか。悪役令嬢って言われてたあの桐生さんがあんなにとっつき易くなったのは優秀なマネージャーの手腕だって聞いてたんだけど。悪役令嬢をモテモテ令嬢にプロデュース的な」

「……東九条Ｐですか、俺？」

「お？　格好いいじゃん」

何処がだ。

「それに、ウチのチームにもう一人いますけど？」

「ああ、藤田君？」

「……知ってるんですか？」

「雫が『藤田先輩、藤田先輩』って煩いからね～。まあ、あの雫に春が来たんなら喜んで見守るけど。どう思う？」

「……幸せになってもらえれば」

「そうだね～。ま、冗談はともかく、あの子も厄介(やっかい)だよね～。動き自体はあからさまに素人(しろうと)なんだけど、要所要所で良いプレーしてるし。あのちょこまか動き回る作戦は中々厄介だ」

「……でしょう？」

「お？　認めてる感じ？」

「練習凄(すご)くしてましたから、アイツ」

「……努力家か～。初心者でしょ、彼？　分かる気がする」

「……アイツ、嫌いらしいんっすけどね？　努力家扱い」

「ははは。面白い子じゃん。雫が気にするのも分かる気がするよ」

そう言って雨宮先輩はにっこりと微笑(ほほえ)む。

「ま、そんな厄介な子を育てたのは雫でしょ？　なら……自分で責任取ってもらおうかなって」

「――あれ？　有森？」

「さあ、藤田先輩！　マッチアップは私ですよ!!」

「……あれって」

「と、いうことで」

選手交代です、と。

嬉しそうに雨宮先輩は笑ってみせる。

「……選手交代、ですか」

「正確にはポジション変更だけどね。智美から聞いたけど、君たち、正南(しょうなん)と東桜(とうおう)女子の連合チームに勝ちたいんでしょ？」

「まあ……そうっすね。やる以上、負けたいとは思ってないっす」

「おっとこのこー。で、まあ、第一クォーター戦ってみて思った。私たちじゃ貴方たちに勝てないだろうし……それなら、『勝負』を捨てて、少しぐらいは練習相手になってあげよっかなって」

「……あーざっす。でも、良いんっすか？」

「良くはないよ。悔しいしさ。でもまあ、仕方ないのは仕方ないからね。実力差がある以上、こうなるのも予想はしていたし。だから戦略的な戦いをしてみようかと」

「戦略的？」

「そ。弱いチームでも戦い方でこう出来るぞ～、ってカンジの、ね？」

雨宮先輩はそう言ってにっこり笑うと『それじゃ試合再開で～』とコート内に戻る。

「……浩之さん。雨宮先輩、ああ言ってくるってことはなんか『策』があるんですかね？」

「……どうかな？　正直、女子バスケ部の練習や試合なんて見たこともないし……どんな戦法使ってくるかは分かんねーな」

「……出たとこ勝負、ってヤツっすね」

「……ま、そういうことだ。ともかく、油断はするなよ」

話しかけてきた秀明の肩をポンっと叩き、俺もコート上で待機。相手チームのボールから始まった第二クォーター、ボールは藤原の元に渡る。マッチアップは桐生だ。

「来なさい！」

「はい！」

右へ一歩フェイントを掛ける藤原だが、桐生はそんなものに釣られない。切り込んで、少しだけ間合いを詰めたままスリーポイントシュートを放つ。二度ほどガン、ガン、とリングに当たり、ボールはネットに吸い込まれた。

「っち！」

「ドンマイ。スリーは仕方ない。抜かれなかったことが重要だ」

「……悔しいわ」

「……負けず嫌いさんめ。それじゃ、今度は攻撃で返せ——!!」

ゴール下から桐生にボールを放る。頷いて、桐生が相手ゴールに目を向けて。

「——なっ！」

「行かせません！」

桐生の目の前に、藤原が立っていた。両手を伸ばしていく先を阻む様に立ち塞がる姿に、桐生が困惑気味の表情を浮かべているのが見て取れる。

「オールコート!?」

バスケのディフェンスとは基本、ハーフコート、つまり自陣に攻め込まれてから行う場合が多い。言ってみれば、相手陣内に行くまでは比較的ゆったりボール運びが出来る。

対してオールコートディフェンスとは、相手陣内にボールがある時からディフェンスを仕掛ける戦略だ。当然、抜けられればピンチになる局面だし、体力消費も激しい。試合では『ここぞ！』という場面でしか使われない戦略だ。

「……まずい」

桐生にはこんなディフェンス、教えていない。いや、知識としては教えたがそんな練習はしたことがない。慌ててフォローに向かおうとする俺の進路を塞ぐように、一人の女性が目の前に立った。雨宮先輩だ。

「桐生さんに楽はさせてあげないよ？　此処は行かせない」

「っく！」

「智美に聞いた話じゃ桐生さんって努力の人なんでしょ？」

「……なんですか、急に」

「勉強も、スポーツも、容姿も、全部努力で勝ち取った人だって。それってつまり、裏を返せば天才じゃないってことだよね？」

「……馬鹿にしてます？」

「まさか。尊敬してるし……ちょっと『ほっ』ともしてる。桐生さんも人間なんだなって」

「……」

「でも……天才じゃないなら、初めて見たプレーには対応できないんじゃないかな？　東九条君が泡食って助けに行こうとするぐらい、ピンチってことでしょ？」

「……っち」

「そうそう。その悔しそうな顔が見たかったよ」

「……性格悪いですね？」

「よく言われるよ……っと、決着、付くよ？」

俺がいつまでも助けに行かないことに焦れた智美が桐生の傍に走る。プレッシャーに寄る焦りもあったか、少しばかり甘くなったパスを藤原は楽々とカット。そのままゴール下に切り込みレイアップシュート。綺麗に決まったそのシュートに、雨宮先輩が片手をあげる。

「ナイスシュート、理沙！」

「はい！」

嬉しそうな藤原と対照的に、悔しそうな顔をした桐生がこちらに頭を下げてきた。

「……ごめんなさい」

「いや、お前のせいじゃない。今のは俺のミスだ」

「……でも」

完全に落ち込んでしまった桐生。そんな桐生に苦笑を浮かべる。

「一回のミスがなんだ。んなことで落ち込むなよな？　大丈夫。次は直ぐにフォローにいくから」

項垂れる桐生の頭をポンポンと叩く。はっと驚いた様な表情を浮かべた後、桐生は少しだけ頬を赤らめて軽くこちらを睨んだ。

「……セクハラよ？」

「冗談言えるぐらいには回復しましたか？」

「……ええ。ありがと。でもあれ、厄介ね？」

「……まあな。でもまあ、何処までもアレが続くワケじゃない」

「そうなの？」

「体力勝負だしな。それじゃ次、行くぞ！」

再びボールを桐生に投げ入れる。と、先ほど同様に藤原が桐生のマークへ走る。

「同じ手は二度は食わな――って、え!?」

桐生の驚いた声が響く。

「――だよね～？　同じ手は二度は食わない……かどうかはともかく、同じ手札ばっかりじゃ芸がないよね～」

藤原が走り込む反対側から、雨宮先輩が桐生に対してチェックに行く。

「ダブルチーム!?」

ヤバい！　今度は完全に桐生、パニックになってる！

「ちょ、え、な、なに!?」

「桐生、慌てるな！　チェック来てる！」

「で、でも！　え、え、ええ？」

パスコースを塞ぐように動く雨宮先輩と、ボールを奪いに来る藤原。二人の攻撃的な守備にタジタジとなった桐生は呆気（あっけ）なくボールを藤原に奪われる。

「雨宮先輩！」

「はいさ」

「行かすか！」

「抜けるとは思ってないよーん。ほい、理沙」

「はい！」

引き付けるだけ俺を引き付けて、雨宮先輩はボールを藤原に戻す。そのボールを受けた藤原が、先ほどの焼き増しの様な綺麗なレイアップを決めてみせた。

「ナイス、理沙！」

「ありがとうございます！」

嬉しそうにハイタッチを決める二人。そのまま、雨宮先輩は視線をこっちに向ける。

「どう？」

「……練習相手になってやる、ってのは嘘ですか？」

「嘘じゃないよ？　充分、練習相手でしょ？　あれ？　まさか、手抜きしてあげるって意味に取った？」

「……」

すみません、ちょっと取りました。

「今まで出来てない練習でしょ、これ。ホレ、東九条君、感謝、感謝」

「……そうっすね。確かに、練習にはなりましたよ」

確かに。ウチのチームの不安要素の一つに『初心者二名』ってのはある。技術的にはともかく、『見たことないプレー』をされると、それに対する対処法ってのは経験値がモノをいうところもあるしな。ただな？

「……流石に第二クォーターの序盤から仕掛けてくるとは思いませんでしたよ？　体力、持つんですか？」

「誰も思いつかないところでやるから効果的なんだよ、戦略ってのは」

「オールコートが、ですか？」

「それは戦術でしょ？　戦略って言ったじゃん。もちろん、体力も含めてね」

「……まだ隠し玉があると？」

俺の質問に、人差し指を口元に持っていってにっこりと笑う。

「秘密」

「……良い人かと思ってましたけど……意外に狸っすね、先輩」

「女の子に狸は酷いよ、東九条君」

楽しそうに。

「せめて、キツネにしてくれない？　そっちのが格好いいじゃん」

そう言って、自称狐の先輩は今日一番の笑顔を見せた。

第二クォーター開始四分経過。点差は三十二対二十八となんとか四点差で勝ってはいるものの、第一クォーターほどの勢いがないのは誰の目にも明らか。戦術の立て直しを含めて俺はタイムアウトと呼ばれる一分間の小休止を取った。

「はぁ……はぁ……」

椅子に腰かけて項垂れる桐生。四分間、藤原のしつこいディフェンスに寄ってぴったりマークされた桐生は既に疲労困憊だ。藤原のディフェンスのプレッシャーで思うようにプレーできないストレスもあるのだろう、これだけ疲れた桐生は初めて見た。

「大丈夫か、桐生」

「……ええ……その……ごめんなさい。私がミスばっかりしたせいで……」

「お前のせいじゃない。俺を含め、フォローに回らなければいけない人間がフォロー出来てないからだ」

「でも……」

「それにお前がそれだけ疲労してるってことは、あっちはもっと疲弊してるぞ？　分かるだろ？」

「……ええ。我慢比べよね、今は」

「その通りだ。見ろよ」

そう言って指差した先では頭にタオルを掛けたまま、しんどそうに下を向く藤原の姿があった。

「オールコートプレスは仕掛けた方が絶対にしんどいに決まってんだよ。今はしんどいだろうが、もう少し頑張れ」

「……ええ。分かったわ。そうね！　落ち込んでいても仕方ないもんね！」

そう言って桐生は顔を上げて微笑（ほほえ）んでみせる。その笑顔に俺も笑顔を返して、視線を智美と秀明に向けた。

「やってくれましたね～、雨宮先輩。第二クォーターからオールコートって」

「だな。流石に想定外だったし……上手（うま）い方法だとも思ったよ」

「でも、いい経験にはなりましたね、桐生先輩。本人はちょっと……可哀想（かわいそう）でしたけど。その辺は後で浩之さんが上手いこと慰めてあげて下さい。許嫁（いいなずけ）として」

「……りょーかい」

まあ、慰めいらねーだろうけどな、アイツなら。そう思っていると審判が笛を吹く音が聞こえた。タイムアウト終了、さあ、試合再開だ。

「…………え？」

コートに戻った桐生が少しだけ唖然（あぜん）とした声を上げる。その姿に、何事かと視線を向けた先に、椅子に座ったままの藤原と、元気一杯な笑顔を浮かべてストレッチをする十三番のビブスを付けた女の子が立っていた。

「選手交代するね～。理沙がアウトで、香織（かおり）がイン！　ポジションはそのままで～」

「……マジかよ」

今まで疲労困憊でも桐生が耐えてこられたのは、藤原が自分以上に疲れていることを知っていたからだ。要は、我慢比べすれば最後に自分が勝つと信じていたからで。

「ひ、東九条君!?　ど、どうすれば良いの!?」

その前提条件が崩されれば、心も折れる。

「智美、あの人は？」

「芝（しば）香織先輩。本職はスモールフォワードだけど、ガードもイケる」

「藤原とどっちが上手い？」

「ガードとしては理沙だけど、総合力なら香織先輩かな？　チームでもシックスマンだし」

バスケットというスポーツは運動量が激しいスポーツであり、スタメンで出た五人が最後まで変わらない、ということはあんまりない。その為、『シックスマン』と呼ばれるサブメンバーが絶対的に必要であり、とどのつまり交代要員の多い選手層の厚いチームが強い、という図式が出来上がるのだ。

「……智美、桐生と交代だ」

「ヒロユキと私でダブルガード、ってこと？」

「そうだ。桐生、お前は智美と交代してスモールフォワードに入れ。残りの四分はそんなに動かなくて良い。ディフェンスも最低限、シュートも入りそうだと思えば打て」

「そ、そんなので良いの？　それじゃ、負けちゃうんじゃ……」

「……この四分間をしのげば、ハーフタイムで十分間休憩がある。都合十四分間、休んでおけ。心配するな。お前のシュート力が必要な時が必ず来る。その時にガス欠してました、なんていうことないように、しっかり休んでおけよ？　じゃないと許さないぞ？」

少しだけ挑発的にそう言ってみせると、桐生は驚いた様な顔を浮かべながら、それでもニヤリと笑ってみせる。

「……そう。それじゃ、貴方のその安い演技に騙されてあげる。私が休憩している間に、点差を離されない様にしなさいよ？」

「誰に言ってんだよ、誰に」

「決まってるじゃない」

頼れるキャプテンによ、と。

「……ごめんね、東九条君」

「任せろ」

桐生が俺から離れ、スモールフォワードとのマッチアップに入る。と、入れ替わりで雨宮先輩が俺に近付いてきた。

「……やられましたよ」

「そう？　想像できなかったワケじゃないでしょ？」

「……まあ、そうっすね」

「ウチのチームは確かにそんなに強くないけど、一個だけ言えることがあるんだ。聞く？」

「拝聴します」

「選手層が厚いんだよね、ウチ」

「……ウチの女子バスケ部って弱小じゃなかったでしたっけ？」

「……はっきり言うね？」

「すみません」

「ま、その通りなんだけどね？　確かにウチの女バスは決して強くはないよ？　強くはないんだけど、アベレージはそんなに低くないと思ってる。とんがった才能のある選手は……まあ、智美ぐらい？　後は皆似たり寄ったり、誰が出ても試合に影響がないぐらいには仕上がってる。それって結構有利だと思わない？」

「……まあ」

　繰り言になるが、バスケは走りっぱなしのスポーツであり加えて試合中の交代は比較的自由なスポーツだ。選手層が厚ければ厚いほど有利に進むし、極端な話、ベンチメンバー十五人が同じレベルの選手であればクォーター毎に選手を変える、なんて戦略も取れる。相手が疲労困憊の第四クォーターに、こっちは元気溌剌なメンバーが参加、なんてことになれば相手の心を折るって意味でも結構良い戦略だ。良い戦略だが。

「……勝てるんですか、それ？」

　確かにアベレージは低くはないかも知れんが、それって皆せいぜい六十点ってことだろ？　こないだ俺んちで涼子（りょうこ）も言ってたけど、百点満点を五人揃えたチームにはけちょんけちょんにされると思うんだが……

「んー……一回戦や二回戦ぐらいはなんとかってところかな？　まあ、正直全国を目指して日々精進（しょうじん）してます！　ってクラブでもないしね？　エンジョイバスケだよ、ウチなんて」

「……そうっすか」

「そうそう。でもまあ、どうせするなら試合にも勝ちたいし、出来れば三年全員試合にも出したいじゃん？　んで行きついたスタイルがコレってワケ。全員を底上げして、全員でバスケを楽しみつつ、その上で勝つ。一人一人の負荷が少ないから、そこまで練習をしんどくしなくても良いしね。スタミナ切れたら変えれば良いだけだし」

「……なるほど」

　正直、『勝ち』に拘（こだわ）ってた俺からしてみればちょっと考えられないやり方ではあるが……まあ、理解は出来るし、そこまで悪いとは思わない。

「……んで、なんで私がこんなことを君に喋（しゃべ）ってるか分かる？」

「俺を動揺（どうよう）させようと思って？」

「馬鹿だな〜。そんな無意味なことはしません。だって君、全然動揺しないでしょ？」

「……まあ」

　確かに、然程（さほど）動揺はしていない。そりゃ、びっくりはしたが……

「『練習』試合ですしね。負けても得るものがあれば、それで良いですし」

桐生は……まあ、性格的なこともあるのだろうが、若干『負けたら終わり』と言わんばかりにプレーをしているが、別に此処で負けても問題はない。練習試合は練習試合、此処で負けたらそれを次に活かせば良いだけだ。

「……負けるつもりないくせに」

「……まあ、はい」

第一クォーターでパスを桐生と藤田に集めたのは実戦経験を積んでもらう為だ。秀明や智美には全然パスを回してないし、もっと言えば俺はまだシュートも打ってない。究極、ヤバくなったら秀明や智美にパスを回しつつ、俺も全力でシュート狙いに行けば良いし、くらいな感覚はあるのはある。なんだかんだ言っても負けるの、イヤだし。

「ズルいよね～。結局、能力ある選手が集まったチームと戦うと、どんだけ底上げしてもコテンパンだもん」

「それは……すみません？」

「じょーだんだよ、じょーだん。瑞穂見てたら分かるもん。貴方たちは才能の上に胡坐掻いてるだけじゃないのは」

「……」

「……だからまあ、瑞穂にも分かってほしい……っていうか、思い出してほしいんだよね。確かに勝ちを目指す姿勢は悪くないとは思う。思うけど、それだけじゃないし……もっと言えば、またバスケ部に帰ってきてくれたら、レギュラーはともかく、試合には出られると思うんだ。ウチのチームが今のままの戦略を取れば」

「……まあ、そうでしょうね」

あいつ、上手いしな。スタメンは無理でもベンチ入りは確実に出来るだろうし、ベンチメンバー全員使うって方針のチームなら試合には出られるだろう。

「ただ、それで瑞穂が納得するかは……」

「別の問題だとは私も思うよ。でもまあ、あの子もバスケ好きだしね？　やめるのは勿体ないかな、とは思うんだ。『試合に出たい』っていうのが優先されるなら、ウチはそういうチームだよ、って教えてあげてほしいんだよね」

「……俺が、ですか？」

「適任だよ、東九条君が。女バスの私らが言ったらちょっと感じ悪くない？　控えだけど出るチャンスはあるから、って、レギュラーメンバーが言ったらさ？」

「……確かに」

そこまでアイツが思い至るかはともかく、あんまり感じは良くないだろうな。

「それも含めて瑞穂が決めることだけどね。ま、それは良いや！　それで？　次はどうするの？　何処使って攻める？」

楽しそうにそう笑う雨宮先輩に、俺は苦笑を浮かべてみせる。なるほど、確かに練習相手になってくれてるな。

「──分かってるでしょ？　使うのは当然、藤田ですよ」

流石に智美相手では分が悪いと思ったのか、シューティングガードになった『香織先輩』はオールコートをやめて自陣に戻った。そんな相手を見やりながら、俺はボールを智美に回す。

「智美」

「ん？　なーに」

「基本的なボール運びは俺がする。お前はシューティングガードだし、ガンガン打っていけ」

「いいの？　藤田とか桐生さんを試すつもりだったんじゃないの？　私がシュート行ったら練習にならないんじゃない？」

「あれ？　バレてる？」

「そりゃあね。まあ、私にボール回せばさっさと点取って上げるわよ。香織先輩ならミスマッチだし、点取り屋として頑張るのはやぶさかではないけど……」

いいの？　という顔をしてみせる智美に首肯で返す。

「藤田にパスを供給するのは俺がする。お前はどんどん打って外を広げてくれれば良い。藤田が中でどれだけ活きるかみたい」

「……なるほどね。まあ、藤田にロングレンジは無理か」

「そこまで藤田に求めるのは酷すぎるだろう。今日も点取ってくれてるし、さっきの子と違って有森ならしっかりマークに付くだろうしな」

「……了解。ま、雨宮先輩もその辺分かってるだろうし……ほら？」

そう言って智美が視線を向けた先に俺も視線を向ける。と、そこには四人がゴール下に四角に配置され、その周りを一人、藤田に相対する形で守る有森の姿があった。

「……ボックスワンか。あんまり見ないな、あれ」

「ウチでもあんまり使わないけどね。それにあれ、ボックスワンっていうより藤田対雫の為に全員が距離あけて待ってるだけだし」

「……雨宮先輩に感謝、だな」

わざわざ舞台をお膳立てしてくれてるのは助かるな。それじゃ、遠慮なしに……

「藤田！『犬』！」

「おう！ 任せろ！」

俺の言葉に、藤田がパスを受けるために有森を振り切る様に走り出す。

「甘いですよ、藤田先輩！」

「へん！ どっちが甘いか、分からせてやんよっ！」

右へ、左へ。

相手を振り切る様に走る藤田に、ぴったりとマークに付く有森。藤田は体力こそあるが、『バスケ的』な動きではまだ有森に一日の長がある。中々振り切れずに、焦れた様子が窺える。

「ゆっくりでいい！ 焦るな！」

「おう！」

そんな俺の言葉に反応した藤田は一瞬、その動きを止める。上手い！ っていうか、あの焦った様子も演技か？

「なっ！」

急ブレーキを踏まれた有森は思わずたたらを踏む。その隙を見逃さず――にやっと笑って、藤田がゴール下に走り込んだ。

「雫！」

「すみません！　フォローを！」

「っく！」

センターの選手が藤田のパスコースを塞ぐように走り込む。

「……それは愚策だよな？」

気持ちは分からんでもないが。その隙を見逃さず、走り込んだ秀明にパスを入れると、フリーになった秀明は難なくシュートを決めてみせた。

「ナイスだ、秀明！」

「いえ、これは藤田先輩の手柄っすよ！」

ゴール下でハイタッチを交わす二人。うん、良いコンビだな、あの二人。

「……あそこでパスをセンターの子に入れるんだね～」

「……まあ、あの状態だったらそうするでしょ？」

「まーねー。流石にあれだけ『どフリー』ならそうするか。にしてもあんなに簡単に釣られるなんて……これは後で猛特訓だね～、桜」

少しだけ楽しそうにセンターの選手……たぶん、『桜さん』を見やる雨宮先輩。その目は少しだけ楽しそうで……っていうか、もしかしてこの人、Sか？

「……ほどほどでお願いします」

「ま、それは良いよ。でも彼、良い動きしてるね？　体力もありそうだ——って、え？」

驚いた様にコートを見やる雨宮先輩。その視線の先にいたのは藤田と……有森。

「っく！　藤田先輩！　邪魔です！」

「見よう見まねディフェンス！　パスは出させないぞ！」

有森の傍で有森にパスを出させない様にディフェンスをする藤田。有森は厄介そうな顔を浮かべている。

「……ディナイしてるじゃん。東九条君の指示？」

「……いえ。きっと、さっきのオールコート見て真似してるんだと思います」

「ひゅー。やーるー。試合中に成長してるじゃん、カレ」

「……そうっすね。ちょっと驚きです」

ディナイとはディフェンスの一種で、自分のマークしてる選手にパスを出させない様にする方法のことだ。意外と言ってはなんだが……結構、様になってる。なっているが。

「……まあ、パワーフォワードに相手陣内でディナイ仕掛けてもあんまり意味ないけどね？」

……ですよね～。俺にそう言い残し、雨宮先輩はパスを受けるために俺から距離を取ってボールを受け取る。

「あー！　浩之！　手抜くな！　ちゃんと守れよ！　ホレ、ぴったりマーク！」

「煩いですよ、藤田先輩！　アレはアレで良いんです！　っていうか、なんでこの場所でぴったりマークしてるんですか！　私、パワーフォワードですよ!!」

「なに！　なんか問題あるのか？」

「ボール運びは私の仕事じゃないんですよ！　するんだったらもう少しゴール前で！　無意味とまでは言いませんが、私が一番活躍するポジションでして下さい！」

「む……分かった！」

　そう言って有森からマークを外して自陣に戻ってくる藤田。そうしてこちらのコートに入ってきた有森に再びぴったりマーク。

「そうです！　それぐらいでマークされたらこっちはやりにくいんですから！　パスが貰えない様にするのがディナイの基本です！」

「おう！」

「……なにしてるんだよ、アイツら」

「……本当にね～。雫もまあ、藤田君を構って構って……愛だね、アレ。試合中にイチャイチャするな！　って言いたいね～」

「……」

「ん？　なんか違う？」

「……暇なんですか、雨宮先輩？」

ボールをスモールフォワードに回してこちらに話し掛けてくる雨宮先輩。なに？　この人、なんでこんなに絡んでくんの？　暇なの？

「失礼な。折角だし、桐生さんに一対一の経験を積んでもらおうかと思って詩織に任せたんだよ？　あ、詩織はスモールフォワードの子ね？　三年生」

「さいですか。でもまあ、無駄っすよ？　ディフェンスは最低限で良いって言ってますよ、桐生には」

「……ま、それで『はい、そうですか』って納得できるんだったらあの子、『悪役令嬢』なんて呼ばれてないんじゃない？」

ホラ、という雨宮先輩の言葉にそちらに視線を送ると……必死に行かせまいとディフェンスしている桐生の姿があった。おい！

「……説教だな、後で」

「ま、体力回復したんでしょ。そもそも彼女、負けず嫌いっぽいし？　にしてもディフェンスも様になってるね～。詩織には遠慮なく抜いちゃって、って言ってきたけど……抜けそうにないもん」

「……まあ、確かに」

腰を落とした良いディフェンスをしているのは認めるが。後は地味に藤田の動きも良い。有森にパスが入れられないからか、攻めあぐねているのがよく分かる。智美のマーク相手にも、秀明のマーク相手にもボール入れられないだろうしな。

「助けに行かなくて良いんですか？」

「ま、ワン・オン・ワンを楽しんでもらおうかと。それに、私にボールが回ってきて東九条君とワン・オン・ワンしても君の特訓にはならないでしょ？　私が無残に敗退する未来が見えるだけだもん」

「……そんなことは」

……ないとは言わんが。

「だから——って、お？」

「まずっ！」

「取った！」

そんな話をしていると、桐生がボールを奪う姿が見えた。上手いじゃん。

「速攻！」

「任せろ！」

桐生の言葉に一番に反応したのは藤田。そのまま、ゴール下まで走り込む藤田に慌てた様に有森がそれに続く。

「行かせません！」

「止められるものなら止めてみろ！」

そう言いつつも、流石にトップスピードでパスを受けることは出来ないのか、少しだけスピードを落とす藤田。その隙をついて有森はゴールを背にする様に藤田の前に回り込む。

「来い！」

「はん！　止められるものなら止めてみろ！」

ワンドリブル、ツードリブル。少しだけ距離をつめて、自身の一番得意な距離まで走り込むと、そのままシュートモーションに入った。ちょ、藤田！　それは不味い！

「甘い！」

案の定、そのモーションに合わせる様に有森が飛ぶ。完璧に止められたと思ったタイミング――なのだが。

「――え？」

「フェイクだよ、有森？」

そんな有森にニヤリと笑う藤田。そのまま、重力に引きずられる様に地面に降りてくる有森を見やりながら、藤田が悠々と宙を舞う。ちょ、おまっ！　そんなのも出来るのかよ!?

「っく！　させない！」

「馬鹿！　雫、飛ばない！」

……流石、バスケ部。一度地面に降り立った有森は悔しさを滲ませたまま、もう一度その足に力を込めて飛ぶ……も、遅い。

「って、うお!?」

「きゃっ!?」

完全にシュートモーションに入った藤田に無理矢理割り込んだ有森。空中で衝突した形になった二人は、そのまま体育館の床に叩きつけられた。

「藤田！」

「雫！」

双方のチームメイトが心配そうに二人に駆け寄る。

「大丈夫か、藤田！」

「つつ……ああ、俺は大丈夫。有森、だいじょ――」

藤田の声が、途中で止まった。そのまま、藤田の視線が下に向かう。その視線に合わせるよう、俺も視線を下に下げて。

「…………わお」

間抜けな声が俺の口から漏れた。

「……」

有森に覆い被さる形の藤田の右手の先にあったのは。

「……」

有森の左胸だった。

「……」

左胸を、鷲掴みだった。

「──っ!! す、すまん、有森!? わ、悪い!!」

慌てた様にずさーっと後ずさる藤田。そんな姿に、有森がきょとんとした表情を浮かべてみせる。

「? なんで藤田先輩が謝るんですか? 今のは完全に私のファールですよ? こっちこそ、すみませんでした」

「な、なんでって……い、いま、そ、その、お、おれ……」

藤田の慌てる姿にきょとんとする有森。が、それも一瞬。苦笑を浮かべてみせる。

「……ああ。胸を触ったことですか?」

「っ! あ、ああ! そ、その……す、すまん!」

「……だから、なんで謝るんですか? 試合中の事故みたいなものでしょ? 別にわざと触ったワケじゃないいんですし──」

言葉を切り、ジト目を藤田に向けた。

「──えっと……わざとじゃないんですよね?」

「あ、当たり前だ! わざとなワケないだろうが!?」

必死の形相でそう言う藤田に有森がクスっと小さく笑んでみせる。

「冗談ですよ。まあ、あの体勢からわざと触ったんならそれはそれである種、尊敬にも値しますけど……ま、そういうことなら仕方ないじゃないですか。さ、藤田先輩のフリースローからですよ？」

そう言ってコートに転がるボールを藤田にポーンと放ると、有森はそのまま背を向けて歩き出す。

「……大丈夫か、藤田？」

受け取ったボールを持ったまま、ぼーっと立ち尽くす藤田にそう声を掛ける。と、藤田が泣きそうな顔でこちらを見やった。

「ど、どうしよう、浩之？　俺、やっぱ責任取った方が良いよな？」

「……はい？」

「だ、だって俺、有森の胸、触ったんだぞ!?　せ、責任を……」

「……」

「お、俺なんかじゃ有森もイヤだろうけど……で、でも、やっぱり男としてだな!?」

「……少し落ち着け、お前は」

なんだよ、責任取るって。いや、見上げた心がけだとは思うが……つうか、有森、スキップして喜ぶぞ、多分。

「……」

「……」

「……」

「……何考えてるんですか、藤田先輩！　ちゃんとして下さいよ！　第二クォーター途中まではともかく……ハーフタイム後の後半はなんですか！　あんな気の抜けたプレーして……本当に、何考えてるんですか!!」

　第四クォーターまで終了し、女バスの面々が帰った今、反省会の真っ最中だ。試合自体は七十二対六十五で俺たちが勝つには勝ったのだが……まあ、課題の残るプレー内容だったのは確かだ。特に、後半の藤田は酷（ひど）かった。

「……流石に藤田君にあれ以上させるのは酷（こく）よね？　有森さん、本気で言ってるのかしら？」

「……アイツもバスケ馬鹿なんだろうな～」

　少しだけ憐憫（れんびん）の目を藤田に向ける桐生。まあ、確かに後半の藤田は精彩を欠いていた……というか、全く話にならなかったんだが。

「最初に見せてくれたディナイもしないし、私がシュートにいっても飛ぼうとすらしない！　シュートも全然入らなくなってるし……なんでですか！」

「う……そ、それは……その……」

「まさか、スタミナが切れたなんて言い訳するつもりはないでしょうね、体力お化け！　それともなんですか？　私のこと、馬鹿にしてるんですか!?」

「そ、そういうわけではないんだが……」

「……助けてあげないの、東九条君？」

「……どうしろと」

まあ……あの、『有森の左胸を触った事件』以来、藤田のプレーは極端に接触を嫌うプレーになっていた。元々、バスケ自体接触を禁止するスポーツではあるが……そうはいってもゴール下でのポジションの取り合いなんかである程度接触はすることになる。特に秀明のセンターとか、藤田のパワーフォワードはその傾向がより顕著だ。そういう意味では、相手との接触は不可欠といえば不可欠なんだが……

「……そう言えば貴方や古川君は普通だったわね？」

「……まあ、俺らはな？」

俺も秀明も小さい頃から智美や瑞穂とバスケをしているので、ある程度『女子とバスケ』というか……プレー中の接触は許容範囲と考えている。つうか、そうじゃないと女子とバスケなんか出来ないしな。

「……藤田君、女子慣れはしてなさそうだもんね」

「……お調子者だけど女子と付き合ったとかそういう浮いた話はないからな～」

そりゃ、責任取るとかいう言葉が出るわな。

「はいはい～。皆、お疲れ様」

有森に散々責められる藤田を見ていると、そう言いながら買い物袋を下げた涼子が体育館の扉をガラガラと開けて入ってくる。そのまま車座に座る俺らの中央にどさっとペットボトルの入った買い物袋を置いた。

「重かった〜。と、それはともかく皆、お疲れ様だったね。ハイ、これ、差し入れ」

「……悪いな。幾らだった？」

「良いよ、良いよ。これぐらいは。皆頑張ってたし」

「そんな、申し訳ないわ」

「良いってば。ま、恩に着るなら試合で勝ってね〜」

そう言ってウインクしてみせる涼子に、困った様にこちらを向く桐生。そんな桐生に肩を竦(すく)めてみせる。

「……諦めろ。こうなったら梃(てこ)でも動かないから。有り難くもらっておけ」

「……分かったわ」

ありがとう、ともう一度涼子に頭を下げて桐生はペットボトルから一本、スポーツドリンクを手に取る。そんな桐生に釣られた様に、おのおのペットボトルを取って口を付けた。

「……にしても藤田君、後半は酷かったね〜。今日の試合は二階からビデオ撮ってたけど……前半の勢いは何処(どこ)にいったのか、ってくらいに酷かったよ？」

全員にペットボトルが行き渡ったのを確認して涼子が口を開く。その言葉に『ごぼっ』と噴き出しそうになりながらなんとか堪え、涙目で藤田が涼子を見た。

「い、いや、そりゃそうだろうけど……な、なんていうか……」

「そんなに有森さんの胸触ったのが衝撃だったの？」

「その……まあ、ハイ……」

「はぁー？　なんですか、藤田先輩？　それじゃ、あの気の抜けたプレーは私の胸触ったから遠慮したってことですか⁉」

「いや……その……で、でもさ！　普通、遠慮するだろ⁉　お、お前の胸、触ったんだぞ！次もそんなことになったらって……」

「ありえないです！　試合中、一生懸命やってる相手に対して、そんなこと考えてるんだったら試合なんか出ない方が良いです！　だって、頑張ってる選手に対しても失礼ですよ、その考え方！」

ぷりぷり怒りながらそう言う有森。そんな姿に苦笑を浮かべ、俺は藤田に視線を向けた。

「ま、今後の課題が浮き彫りになった感はあるかな？　でも藤田、有森の言っていることも一理あるぞ？　俺や秀明だって今日は女子とマッチアップしたけど、普通にプレーしてただろ？」

「お、お前らは……そ、そうかも知れないけど……でもさ？　それってお前らがある程度昔からバスケしてるから……慣れてるってのもあんだろ？」

「……まあ、それはそうだけど……でも、お前だって序盤は普通だったじゃないか」

「最初は相手がそんなに接触してこなかったからで……有森に替わっても、いつも通りってカンジだったから普通だったんだけど……」

「……胸触ってから、ってことか」

「……はい」

……重症だな、こりゃ。いや、まあ、分からんではないんだが……でもこれじゃ困る。

「……一応、お前のポジションのマッチアップは男子だろうとは思ってる。思ってるけど……これ、女子だったらお前、全然使いもんにならないってことだよな？」

「……うぐぅ……そ、そんなことは……な、ないと……良いな～……」

「……運を天に任せるしかねーか」

頭が痛いが、どうしようもないのはどうしようもない。今から藤田に『女に慣れろ』と言ったところで、そんな方法があるわけじゃないし。

「……」

頭が痛いと言えばもう一つ、スタミナ不足だ。ある程度覚悟はしていたが……五人でフルで一試合を戦うのは結構キツイ。加えて日程の都合上、一日で全試合やるから……

「おい、涼子。優勝しようと思ったら何試合ある？」

「三試合かな？　一回戦と二回戦は余裕だと思うけど、決勝の相手が」

「正南と東桜女子の連合チームか」

一回戦と二回戦でどれだけ体力温存して勝てるかが鍵だな、こりゃ。流石に今から桐生並みに出来る人間を摑まえてはこられんし。

「……藤原と有森は市民大会、女子の部で出るんだよな？」

「はい。天英館高校として出ます。その、本当はお助け出来ればよかったんですけど……」

「気にするな。そりゃ、そっち優先だよ」

本当に。エースである智美を貸してもらってるだけでも感謝なのに、この上でもう一人、二人貸してくださいとは流石に俺も言えない。

「……体力は一朝一夕でつくものではないし……ごめんなさい、東九条君。私にもっと体力があれば……」

「いいや。お前は充分やってくれてる。藤田が異常なだけで、普通はフルで一日に三試合もこなさないしな」

この日程は如何なものかと思うが……まあ、レクリエーションみたいな大会だしな。流石に文句も言えんか。

「涼子。いい方法あるか？」

「戦略としては一回戦と二回戦、桐生さんを抜いた四人で勝つ、ぐらいしかないんじゃないかな？　バスケ経験者の三人も、藤田君も体力には自信があるでしょ？」

「そりゃ……」

「まあ……」

「……そうですけど」

走りっぱなしのスポーツだしな、バスケって。そりゃ体力に自信がないわけじゃないが……

「四人で勝つって難しくないか？」

「一回戦の相手は大野木建設有志チーム。健康目的で経理のおば様がバスケットしてるらしいから、そんなに……というより、全然強くない。正直、三人でも勝てると思う。二回戦はシードである中川大学寮生バスケサークルの皆さんだね」

「一回戦はともかく……二回戦はどうなんだ？」

「大学の寮で作った親睦団体なんだって。中学校はともかく、高校でのバスケ経験者はゼロ。男子寮と女子寮の親睦目的のサークルらしいよ？　練習後の飲み会がメインなんだって」

「……詳しいな」

「大会のエントリーしてきた時にちらっと小耳に挟んだんだよ。というわけで、我らが『瑞穂と愉快な仲間たち』チームの最大ライバ――」

「待て」

「――ルは……なに？」

「……チーム名、もう一回言ってくれないか？」

「『瑞穂と愉快な仲間たち』」

「……なんだよ、それ」

「浩之ちゃん、段取り全部私に丸投げしたでしょ？　だから、チーム名は勝手に付けたんだけど……ダメだった？」

「いや、別にダメじゃないけど」

　なんだろう？　若干、気が抜けるんだけど。

「……本当は『チーム・ヒロユキ』とか『ひろゆきーず』とかにしようかと思ったんだけど。

あ、ちなみに『ひろゆきーず』は平仮名ね？」

「……『瑞穂と愉快な仲間たち』で良いです」

　恥ずかしすぎるだろう、『チーム・ヒロユキ』とか『ひろゆきーず』って。そして、その理論で言うと瑞穂が恥ずかしすぎる気がするんだが。

「それに……意外に効果あったよ？　組み合わせ抽選とかで『瑞穂と愉快な仲間たちチームさーん』って呼ばれたけど、会場のあっちこっちからクスクスと笑い声が漏れてたもん」

「……それ、小馬鹿にされてんじゃね？」

「だろうね～。だから、いいんじゃゃん。小馬鹿にしてもらおうよ。舐めてもらおうよ。その上で、一回戦、二回戦は無様な試合をしてさ？　こいつら弱いって思わせて、ギリギリで勝ち上がって」

　そう言って涼子はニヤリと笑い。

「──最後に本気出して優勝、かっさらっちゃうの」

「……腹黒過ぎだろ、お前」

「弱いチームはそうやって策をねらなくちゃね。さ、それを飲んだら浩之ちゃんちで今日の反省会、するよー！　ビデオを見ながらね！」

幕間　川北瑞穂と親心

「どうも御世話になりました」

そう言って頭を下げる我が母親。担当してくれた病院の先生もいえいえなんて手を振っている。

「それじゃ瑞穂ちゃん、くれぐれも気を付けてね？　決して良くなったワケじゃないし、もし痛くなったらすぐに病院に来るんだよ？」

主治医の言葉に、私は頷いてみせる。余談だが、先生は私のことを『瑞穂ちゃん』と呼ぶ。小学校の頃からの付き合いだし、気にしなければいいのかも知れないが……高校生にもなってそれは少々きつい。っていうか、今のだって完全に小学生に掛ける言葉でしょ。

「……まあ、バスケットだけが人生じゃないけど……もし、リハビリをしようと思ったらいつでもおいでね？」

先生の言葉に曖昧に頷き、私とお母さんは病院を後にした。

「……うーん！　いい天気ね！」

病院の玄関を出て空を見上げてみれば、真っ青な快晴。お母さんに続くよう、松葉杖をついてひょこひょこ歩く私をチラリと見て、お母さんは大きく伸びをすると、病院の前に横付けしていた乗用車のドアを開けて『乗れ』とばかり目で促してきた。

「……お母さん、流石に病院の前に車横付けはないいんじゃない？」

「いいでしょ、別に。流行ってないんだし、ココ」

失礼なことを言う母だ。まあ……事実大繁盛していないから私が半月ぐらいいられたのだが。

大丈夫か、この病院。

「それに……アンタ松葉杖でしょ？　駐車場まで歩くの大変でしょ？　結構距離もあるしさ？」

……不意打ちで優しいことを言う。なんだかずるい。

「……ん。それじゃ乗るね。ありが――」

「あ、土足禁止だからね。靴脱いで。松葉杖でも靴ぐらい脱げるでしょ？」

「――……いや、知ってたけどさ？　松葉杖の子にそんなこと言う？　脱がせてあげようかとかないの？」

「子供か。いつまで甘えてんのよ。ほれ、さっさと乗る！」

……前言撤回。なんだこの母親。そんなジト目を向ける私のことなんか気にもせず、お母さんは車に乗り込む。

「早く乗りなさいよね？　置いていくわよ？」

「置いていくんだったらお母さん、何しに来たのよ？」

「入院費を払いに来たんじゃない？」

……ぐぅの音も出ない。黙って肩を竦めて車に乗り込むと、お母さんはゆっくりとアクセルを踏み込んだ。病院を出て左折、しばらく走って国道に出ると、運転席のお母さんが私に話し掛けてきた。

「アンタ、料理本読んでたんでしょ？」

「うん。まあね。っていうか、お母さんが買ってきてくれたんだから知ってるでしょ？」

「買ってきたのは私だけど、アンタが真面目に読んだかどうかまでは知らないもん。だって私の娘だしね。読書、嫌いでしょ？」

「……よくご存じで。でもまあ、今回は読んだよ？　あれ、イラスト入りだし結構読みやすかったしさ。ああ、ありがとね？」

「良いわよ、アレぐらい。それで？　読者家になった瑞穂ちゃんは、今ならなんか作れそうな感じ？」

「読者家って。うーん……簡単なのはなんとかなるかな？　まあ、本を見ながらだけど」

「上等じゃん」

そう言ってお母さんは一つ頷き。

「――それじゃ今日のお昼はアンタの手料理ね」

「鬼か」

「何がよ？」

「……いや、普通、病み上がりの娘にそんなこと言う？　此処はお母さんの手料理じゃないの？　ほら、味気ない病院食じゃなく、お袋の味的な」

「何が味気ない病院食よ。お菓子食べてたの知ってるんだからね？」

「うぐぅ」

「それに、別に『病み』あがりなワケじゃないでしょ？　手は無事なんだし、じゃ、問題ないじゃない？」

「いや、そういう問題じゃなくて」

「なーんて冗談よ。流石の私でもそんなことは言わないわよ。なーに？　そんな鬼みたいなこと言うと思った？」

「……」

　すいません、ありえると思いました。そんな私のジト目を軽く笑顔で流し、お母さんは車のアクセルを踏みこむ。平日の十二時過ぎ、さして道は渋滞しておらず、私たちを乗せた車は順調に家路を急ぐ。病院から私の家まで三十分ほど。車内でくだらない話をお母さんとしていると、信号に引っ掛かった。

「それで？　どうすんのよ、瑞穂？」

「？　どうとは？」

「これからは料理の鉄人になる為に、料理道を邁進するのか」

　それとも。

「……リハビリ、するの？」

――リハビリをして、バスケを続けるのか、と。

「……私、バスケをやめるから」

「……そう」

「……うん」

「いいの？」

自身の胸に問いかける……うん。大丈夫、後悔しない。

「……うん。後悔……しないから」

そう言って笑顔を作る私。そんな私に、お母さんも笑顔を返して。


「――嘘だね。アンタ、絶対後悔するよ」


「即答!? な、なんでよ！」

「何年アンタの母親してると思ってんのよ？　アンタがこーんな小さい頃から、自分の頭ぐらいのボールを追いかけてたのも、誠司の後をちょこまかと走り回っていた姿も知ってるんだよ、私」

「う……」

「智美ちゃんや浩之君に憧れたのも、涼子ちゃんが試合の時に作ってくれたお弁当を楽しみにしてたのも、なんでも知ってる」

「……」

「茜ちゃんや秀明君に負けまいと……思ったのかどうかは知らないけど、毎日毎日日が暮れるまでボールを追ってたのもね。そんなバスケ馬鹿なアンタが、バスケをやめて後悔しない？」

はんっと鼻で笑って。

「アンタの考えなんか全てまるっとお見通しだ、バーカ。今ここでバスケをやめたら、アンタは絶対後悔するだろうね？」

「う、ううう……」

ぐうの音も出ない正論。言い淀むそんな私を見て、お母さんは苦笑をひとつ浮かべてみせた。

「……でもまあ、それも人生かな？　いいじゃん、若人よ。散々悩みなさい」

「……うん」

「アンタまだ若いんだし？　別にバスケを『やめた』からといって、また始めちゃいけないってことはないでしょ？　どうしてもやりたくなったら、また始めればいいじゃん。だから……やめるじゃなくて、『休む』って考えたら？」

「……うん」

やがて信号が青に変わり、車はゆっくりと進みだす。なんとなく、車内に張り詰めた空気が流れる中、再びお母さんが口を開いた。

「……本当は、ね？」

「なに？」

「……瑞穂が病院に運ばれた、って聞いた時ね」

「……うん」

「私、心臓が止まるかって思った。っていうか、あの顧問の先生も悪いわよね？　『瑞穂さんが病院に運ばれました』って言われたら何事か！　ってなるじゃない？　靭帯もそりゃ、大きな怪我だけど……でもまあ、命に係わるわけじゃないから。ごめんね、瑞穂。正直、ちょっと『ほっ』とした」

「……うん」

「だから、瑞穂が自分で決めて、バスケをやめるんなら……もう怪我の心配しなくてすむのは……ちょっと嬉しい」

「……」

「親にあんまり心配さすな、馬鹿娘」

「……ごめん」

「……」

「……お母さんは……」

「うん？」

「私が、バスケ続けない方が……いい？」

「……」

「……」

「……自分の娘が、親に気を遣ってしたいことしない方が、私は辛い」

「……」

「親にまで気を遣うな、馬鹿娘」

「……ごめん」

「瑞穂の人生よ。瑞穂の好きなようにすればいいわ。でも……後悔はしてほしくない」

「……うん」

「さて、暗い話はココまで！お昼、どっか食べに行こうよ！退院祝いで！」

「退院祝いで自分で作る、って選択肢はないの？」

「え？自分でって瑞穂が？」

「お母さんが！」

「あるわけないでしょ、そんな選択肢」

笑いながらそう言う母に、私は小さくため息を吐いて。

「……ありがと」

「ん？なんか言った？」

「なんにも！」

「なーんか引っかかるけど……ま、いいや！それで？瑞穂は何食べたいの？リクエストしてみて！」

「それじゃ私、お蕎麦食べたい！」

「残念。母の口はラーメンになっていまーす。美味しいラーメン屋見つけたから行こうぜ～」

「はぁ!? 普通、此処は娘を優先しない？ っていうか、決まってるなら聞くな！」

「誰も瑞穂の行きたい所に行くなんて言ってないもーん。聞いてみただけ～」

「語尾を伸ばすな！ いいおばさんのくせに！」

「……へー。歩いて帰りたいんだ、瑞穂？」

「……正直、スミマセンデシタ」

車の中でぎゃーぎゃー騒ぎながら。

なんだろう？ あの日から初めて、私は心の底から笑った気がした。

第七章　その言葉を誰が伝えたか

　どんな小さなものであろうと、『大会』というのは緊張感を伴うものであるが、俺はこの『緊張感』というのが結構好きだ。会場である市民体育館を前にして、体の芯が冷える様でいて、それでも芯が熱を帯びている様な相反する気持ちのまま、俺は体をブルリと震わせる。そんな俺の姿を見て、秀明が少しだけ笑ってみせた。

「……緊張してるんですか、浩之さん？」

「どうだろう？　まあ、久しぶりの大会だしな。お前は、秀明？」

「……んー……なんか、懐かしい感じっす」

「懐かしい？」

「ほら、聖上って、そうはいってもそこそこ名門じゃないっすか？　だから、試合会場で聖上のジャージ着てくるとなんだかんだで注目浴びるんっすよね？　『聖上だ！』みたいな」

「ああ、分かる気がするな、それ」

「なもんで、此処まで注目されないバスケの大会っていうのも……中学校以来で懐かしいっす」

「……中学校で聖上の監督の目に留まったんなら、そこそこ注目されてたんじゃねえのかよ？」

「それでも聖上のジャージとユニフォームはまた別格ですからね〜」

「んなこともないんだろうが……まあ、お前が言うならそうなのかもな」

そう言って苦笑してみせる秀明に俺も苦笑を返す。

「あ、ヒロユキ！」

「浩之ちゃん！　おはよう！」

声のする方向を振り返ると、そこには涼子と智美の姿があった。

「おう、二人とも。おはよう」

「おはよう、浩之ちゃん。あれ？　桐生さんは？」

「『最後の調整をしてくるわ』って近所の公園でシュート練習してから来るってさ」

付き合うって言ったんだが、『キャプテンが一番に現地入りして、皆の士気を上げないでどうする！』という桐生の謎理論により、一足早く会場入りになったけどな、俺は。

「そっか。気合入ってるね、桐生さん」

「怖いぐらいにな。この間の練習試合が堪えたのか、ランニングもずっとしてたし。んで？他の皆は見なかったか？」

「藤田と雫は体育館で最後の練習するってさ。ゴールは使えないけどスペースちょっとあるからドリブルの練習でもって言ってた」

「そうかい」

練習するのは良いことだが、あんまりギリギリまで練習すると疲れも残るしな。お勧めはしないが……まあ、藤田だしな。

「体力ありあまってそうだしな、アイツ」

「むしろ丁度（ちょうど）いいぐらいじゃない？　ちょっと疲れた方が肩の力が抜けて」

　そんな話をしていると最初に桐生が、その後、藤田と有森（ありもり）が連れ立ってやって来た。なぜか有森がぷりぷり怒ってるが……どうした？

「どうした？」

「聞いて下さいよ、東九条（ひがしくじょう）先輩！　藤田先輩、まだ私との接触プレーためらうんですよ!?　試合当日にそれってありえなくないですか!?」

　そう言って隣で縮こまる藤田をギロリと睨（にら）む有森。そんな有森の視線を受けて、藤田が情けない声を上げた。

「ひ、浩之～」

「……まあ、お前のポジションはパワーフォワードだからな。恐らく男子相手になるだろうし……それを願おう」

　切実に。俺の言葉に、藤田も黙って天を仰（あお）ぐ。たのむぞ、マジで。

「……さて。それじゃ、全員揃ったか？」

　そう言って俺は試合メンバーと練習に付き合ってくれた面々――桐生、藤田、智美、涼子、秀明、そして有森に視線を飛ばして――

「……あれ？　藤原（ふじわら）は？」

「一回戦、理沙の出番はないから瑞穂の家に行ってもらってるわよ。説得も兼ねて」

智美の言葉に小さくため息が出る。

「……あいつ、やっぱり来ないって？」

「……すみません、東九条先輩。私も昨日、もう一度瑞穂の家に行って誘ったんですが……『皆が勝つ姿も、負ける姿も見たくないかな？　どちらにせよ……嫉妬も責任も、罪悪感も感じそうだし。ごめんね、感じ悪くて』って」

「……そっか」

……まあ、瑞穂がそう言うなら仕方ないだろう。一緒に練習してきた仲間だしな。その気持ちは分からんでもないが。

「……でも、それでも、東九条先輩の試合ぐらいは見られるんじゃないかと思ったんですが……すみません」

「……いいさ。瑞穂にしたら、気分のいいもんじゃないだろうしな」

正直、その発想はずっと頭の片隅にあった。どこも怪我をしていない俺がバスケをしている姿を見せても良いのかって、そういう気持ちもあるにはあったんだ。

「……はい。でも……あの瑞穂が、東九条先輩のバスケの試合の観戦を断るなんて信じられないですけどね」

「そうか？」

「あの子、東九条先輩を崇拝してましたから。きっと、『瑞穂、俺の勇姿を見に来いよ？』なんてイケボで誘ったら絶対に見に来ると思ったんですが……」

「なんだよ、イケボって」

キャラが違うだろうが、それ。つうかな？

「そもそも俺、瑞穂誘ってないぞ？　有森が誘ってくれたんだろ？」

「「「…………………え？」」」

「……え？」

え？

「……ちょっと待って、ヒロユキ？　アンタ、瑞穂に今日の試合出るって言ったのよね？」

首を傾（かし）げながらそういう智美に、俺は首を振ってみせる。

「いいや？　言ってないぞ？」

横に。

「「「……は？」」」

「……え？」

「い、いや、何言ってんのよ、ヒロユキ！　い、言ってないの!?」

言ってないのって……え？　な、なに言ってんだよ!?

「い、いや、お前こそなに言ってんだよ！　よく考えてみろ！　俺が自分で『俺、試合に出るから観に来いよ』って言えると思うか⁉　感じ悪すぎだろ、それ！」

　さっきも言ったけど俺、何処も怪我してない、元気いっぱいの健康優良児だぞ？　やりたくて仕方ない瑞穂がバスケ出来ないのに俺がそんなん言えるワケねーじゃん！　嫌みすぎるだろ⁉

「う……た、確かに……で、でも！　それじゃ誰が瑞穂に伝えたの？」

「あ、有森が誘ってくれてたんだろ？　じゃ、じゃあ！」

「わ、私ですか？　わ、私は確かに瑞穂を試合に誘いましたけど……でも、東九条先輩が出るって伝えてませんよ⁉　だってそんなの、私が伝えるのおかしくないですか⁉　一番頑張ってる東九条先輩から連絡するのが筋じゃないかと思って……」

「は、はぁ？　それじゃお前、どうやって瑞穂誘ったんだよ？　『私試合に出るから観に来てね！』ってか？」

　それはそれで鬼畜の所業じゃねーか、おい。

「そ、それは……そ、その……い、良いじゃないですか、別に‼　どんな理由でも！　ともかく、私は言ってません！」

「……秀明は？」

「お、俺っすか⁉　なんで俺⁉」

「いや、だってお前、瑞穂の幼馴染だろ？　見舞いとかいってるんじゃないのかよ？」

「そ、そりゃ行きましたけど……で、でもですね？　浩之さん差し置いて、『浩之さん、お前の為にバスケ頑張ってる』って言えると思いますか!? 無理っしょ、普通！」

「うぐ……りょ、涼子？」

「私も言ってないかな～。っていうか、私も有森さんが言ってると思ってた」

「智美」

「私はヒロユキか雫が言ってるものだと……流石に私が言うのも違うでしょ？」

「桐生！」

「むしろ私という選択肢はなくない？」

「うぐぅ……た、確かに……」

……そう言われてみれば、確かに俺が誘うのが筋かも知れん。

「と、ともかく、状況を整理するぞ？ 瑞穂はバスケの試合に誘われてはいる。でも、俺や秀明、或いは桐生が出ることは知らない。瑞穂的には試合に出るのは女バスの面々で、その試合を観に来ると思ってる。怪我をして出られないでチームが勝つのを見るのも辛いし、負けたら負けたで自分が怪我しなければと責めそうで見るのが辛い、と……」

……。

「……来るワケねーじゃん、それ」

……絶望しかなかった。

「……雫！ 直ぐに理沙に電話！ 瑞穂にもう一遍伝えてもらえる？ ヒロユキが試合に出るって言って……そうね、瑞穂の為にって付け加えて……後はまあ、適当に理沙の感性で感動話にして首に縄付けてでも引っ張ってこいって」

「らじゃりました！」

　智美の言葉にビシッと敬礼をしてみせる有森。そのまま、カバンの中から携帯を取り出して電話を掛ける。

「……あ、理沙？　うん、うん……そう！　言ってなかったんだって……ね～？　ありえないよね？　情けなくない？　んでね？　……そう、そう！　うん、よろしくお願いね～」

　電話を掛けながらジト目をこちらに向ける有森。そんな有森の視線から逸らすように視線を天に向けていると、ポンと肩を叩かれた。

「……なんか結構ディスられてません、浩之さん？」

「……皆の緊張が取れたんで良しとする」

「別に俺、緊張してないんっすけど？」

「いいの！」

　もうやめて。俺が悪かったからさ。試合前にメンタル折らないで!!

「そ、その、東九条君？」

「……なんだよ？」

　みんなの冷たい視線を受けながら肩を落とす俺に。

「き、気にしないで大丈夫！　私は東九条君のお蔭で緊張取れたから！　うん、凄く頑張れそうだもん！　ありがとうね！」

そう言って『むん！』と言わんばかりに拳を握ってみせる桐生に、俺は微笑を零した。

……いや、マジで。本当に桐生、エエ子になったな～……こんな気を遣えるようになるとは。

昔の桐生とは明らかに別人――

「何か失礼なこと考えてないかしら？」

「考えてないです！」

……エスパーかよ。

エピローグ　愛されている少女

「……試合じゃなかったっけ？　今日」

「ん？　試合だよ？」

「……行かなくて良いの、理沙？」

「大丈夫、大丈夫。どうせ私の出番は一試合目ないし？　二試合目も別に私がいなくてもなんとかなるだろうし」

天英館高校女子バスケ部のジャージを着たまま、私の部屋のベッドで寝転がって雑誌を読む理沙に、私はそう問いかけながらため息を吐く。別に何時までいてくれても良いと言えば良いのだが……というか、なんで此処で貴女は雑誌を読んでるんですかね？

「……理沙？」

「なーに？」

「……もしかして、試合を観に行こうって誘うつもり？」

「逆にそれ以外の何が考えられるの？　わざわざ試合の日に瑞穂の家のベッドで寝ころびながら雑誌を読んでるのって」

隠す気はさらさらないのだろう。そう言うと理沙は雑誌から視線を上げて、私の瞳をじっと見つめる。

「……試合、観に行こうよ？」

懇願するような、諭すような、それでいて何処か物悲しい色を湛えたままそう言う理沙に私は黙って首を左右に振る。

「……行かない」

「……」

「……どっちになっても、多分辛いから」

「どっちになっても？」

「もし、私がいなくて試合に勝ったら……きっと私は、『ああ、此処に私の居場所はないんだな』って悲しくなる。私がいなくて負けたら、『私がいれば勝てたのに』って根拠のない自信と……それと、罪悪感を感じそうで」

「……罪悪感なんて感じなくても良いのに。怪我は瑞穂のせいじゃないじゃん」

理沙のその言葉に、私は苦笑を浮かべて首を左右に振る。

「……私さ、ちっちゃい人間なんだ」

その言葉に、理沙は神妙な顔を浮かべて。

「見れば分かる」

「身長じゃないわよ!!」

「冗談だよ。それで？　何が『ちっちゃい』の？」

笑顔を浮かべる理沙に、少しだけ言い淀む。

「その……凄い最低なこと言っていい？」

こくりと頷く理沙。少しだけ緊張を覚えながら……それでも私は口を開いた。

「……もちろん、チームに迷惑を掛けたって罪悪感はある。あるけど……それ以上にね？　きっと私は皆のことを、心の底から応援出来ない気がするんだ」

「……」

「最初はきっと『勝って！』って思って応援できると思うよ？　でも、実際に勝って、皆が笑いながら肩を叩きあう姿を見ると」

――きっと、私は嫉妬する。

「……私は嫉妬するし、皆が勝つことを素直に喜べない気がするんだ。もう、私の居場所はそこにないって突き付けられる気がして……」

「……それは」

「……でもね？」

でも、だ。それはまだ良い。勝つことを喜べないのは、まだ良いのだ。それよりも怖いのは。

「――私はきっと、心の何処かで『負ければ良い』って思うと思うんだ」

きっと、器の小さな私は願うだろう。『私がいないチームなんて、負ければ良い』と。

「……」

「負けて、『やっぱり瑞穂がいないと』って言ってもらいたい自分がいるんだ。迷惑を掛けた罪悪感を感じながら、それでもそう言ってもらいたい、必要とされたい自分もいるんだよ」

なんと矮小な考えだろう。自分で言ってて情けなくなる。

「……理沙や雫、同級生の皆や先輩方が一生懸命練習している姿を知っているのに、頑張っているのを知っているのに……それなのに、同じチームだった私がそんな皆の敗戦を望んだ。そう、自分が考えているのが……堪らなくイヤで……怖くて」

私の告白を理沙は黙って聞いてくれた。呆れたかな？　それとも怒ったかな？　そう思う私に、理沙は苦笑交じりに口を開いた。

「……難しく考えすぎだよ、瑞穂は」

「……そうかな？」

「試合に出たいのに出られないんだもん。そう思うのは普通じゃないかな？」

「……理沙も？」

「私だって嫉妬しないっていえば嘘になるよ？　コートの中でキラキラと輝いてる皆を見ていると、その輪の中に入れない自分がイヤになるもん。『理沙がいれば！』って言ってもらいたい気持ちもあるし……そうだね。『負けてほしい』と思ったこともあったよ？」

「……」

「まあ、私の場合は単純に練習不足だからそんなこと思う資格は本当はないんだけどね？　でも、瑞穂は思っても良いと思うよ？　だって、レギュラーに手が届きそうだったのに怪我をして、練習することすら奪われたんだもん。どんなに頑張っても、瑞穂の力じゃどうしようもない事態じゃん？　そりゃ、嫉妬や負けろ！　って思ってもバチは当たらないと思うな」

「……そっかな？」

「そうそう。だから別に良いんじゃない？　そう思って――」

不意に、理沙のスマホが鳴る。視線を私からスマホのディスプレイに落とした理沙が、少しだけ怪訝（けげん）な表情を浮かべたのち、私に『ごめん』と謝って電話を取った。

「もしもし――うん……え!?　言ってないの!?　あちゃー……うん……うん……分かった。それじゃ、伝えるね。うん……はーい」

電話を切って、少しだけ疲れた表情を見せる理沙。なんぞ？

「……どうしたの？」

「んー……ちょっと色々あって整理中。なんていうか……凄（すご）い格好悪いな～って」

「誰が？」

「東九条（ひがしくじょう）先輩」

「浩之（ひろゆき）先輩？」

なんで浩之先輩が格好悪いの？

「……今日の試合ね？　男子の部と女子の部、それに男女混合の部があるんだよ」

「？　うん。それは知ってるけど……」

それがどうした？　そう思う私に、理沙は一息。

「その男女混合の部にね？　東九条先輩、出るんだ」

……。

………。

…………はい？

「……え？　ひ、浩之先輩が!?　な、なんで!?」

「まあ、元々は私らが頼んだんだけどね？　瑞穂が部活やめそうなんで、なんとかして下さいって。そしたら東九条先輩、メンバー集めて試合に出るって」

「……で、出るってって……で、でも、ブランクあるし！　そ、それにメンバーは！」

「東九条先輩に、智美先輩。桐生先輩に、瑞穂の幼馴染の古川君。それに……雫の想い人の藤田先輩。この五人で此処一か月、練習してたんだ。私たちも手伝ってね？」

「と、智美先輩も!?　で、でもそれって、ウチのチームは……」

智美先輩はウチのチームのエースだ。抜ければ戦力ダウンは間違いないはず。なのに、男女混合に出るなんて……

「雨宮先輩、言ってた。『試合で勝つよりも大事なことがある。無理強いはしないけど、瑞穂が戻ってきたいと思えるんなら、智美は貸し出す』って」

「……」

「古川君だって、そうだよ？　他校からわざわざ毎日ウチの体育館に練習に来てさ？　東九条先輩だって、桐生先輩だって、藤田先輩……はどうか分からないけど、皆貴女の為に一生懸命練習してたんだ」

「……」

「ああ、勘違いしないでね？　だから恩に着ろ、っていうつもりはないんだよ？　なんだかんだ言ったところで、皆勝手にやっただけだから。だから、私に言えることは一個だけ。前も言ったと思うけど——」

そう言って、優しい笑みを浮かべて。

「——愛されてるね～、瑞穂？」

「……あ」

胸の中が、温かくなる感覚。

「居場所がないとか、色々考えるかもしれないけど……でも、これだけ愛されてる瑞穂ならさ？　別に居場所がないわけじゃないんじゃない？　どうよ、瑞穂？　嬉しくないの？」

「……」

そんなの——そんなの、そんなの!!

「……う……れしい……」

──嬉しいに、決まってる。

「……さあ、瑞穂？　どうする？　東九条先輩をはじめとした皆さんの頑張り。その目に焼きつけておかなくて良いの？　後悔、するんじゃないの？」

少しだけ、挑発的な理沙の言葉。その言葉に、私は。

「……ま」

「ん？」

「……車、出してもらう！　理沙も乗っていって！」

そう言って、私は部屋から飛び出すと階下の母に向かって市民体育館までの送迎を願う声を叫んだ。

番外編　貴方だけが、私を

大声で階下に叫んだ私に『なにごと!?』と言いながら、それでも私の必死の形相と理沙の説明で理解したのか、『そういうことならさっさと行くわよ!!』とお母さんが車を車庫から家の前に出してくれた。後部座席を開けて肩を貸してくれた理沙と共に、私は松葉杖を持ったまま車に乗り込む。

「お母さん、急いで!!」

「任せてよ!!　これでも昔は『峠のスピードスター』と呼ばれた腕前よ!!　スピードの向こう側、見せてあげるわよ!!」

「うん!!」

「……『うん!!』じゃないんだけど、瑞穂。おばさんも、くれぐれも法定速度守ってお願いできます？　私、流石に死にたくないんで」

私とお母さんの言葉に呆れた様に理沙がため息を吐いた後、ジト目を向ける理沙。その視線に私とお母さんは揃って視線を逸らす。そんな私たちに、理沙はもう一度深いため息を吐いた。

「……焦らなくても大丈夫だよ、瑞穂。まだ一試合目も始まってないし……組み合わせ見る限り、決勝までは楽勝だからさ？　だからそんなに慌てていかなくても大丈夫だし」

「な、何言ってるのよ、理沙！　浩之先輩が試合に出るんだよ!!　理沙だって知ってるでしょ!?　浩之先輩のプレー、物凄く——物凄いんだから！　見ないと損だよ!!」

「おい、語彙力。仕事しなさい。なによ、物凄く物凄いって」

再びのジト目を向ける理沙。でも、今の私にはあんまり気にならない。だって、浩之先輩のプレーだもん！　それに……

「……わ、私の為に試合出てくれるん……だよね？」

「そうだよ」

「そ、その……そ、それだったら、やっぱり……全部、目に焼き付けたいっていうか……」

き、気恥ずかしい。そう思う私に何度目かのジト目を向けた後、呆れた様な笑顔を浮かべる理沙。

「……相変わらずベタ惚れだよね、瑞穂も。おばさん、どう思います？　実の娘が一人の男の子にこんなにお熱って」

「ま、瑞穂の浩之君大好きは今に始まったことじゃないしね～。小学校の頃から『浩之君、浩之君』ってずっと浩之君の後をついて回ってたし……今更じゃない？」

運転席でこちらも呆れた様な——あ、違う！　これ、ニヤニヤしてるやつだ！　う、ううう……いや、もう流石にお母さんにバレバレなのは知っているけどさ？　そんなこと言うかな～、理沙！　恥ずかしいんだよっ、こっちだって！

「小学校の頃から、ね。それじゃ瑞穂、筋金入りの――」

そこまで喋り、理沙は車内の天井を見つめて顎に人差し指を置いて『うーん』と何かしら考え込む。な、なにさ？

「……な、なに？」

「いや……なんていうかさ？」

少しだけ微妙な表情を浮かべて。

「東九条先輩の……何処が良いの？」

「――は？」

「ひぅ！　み、瑞穂！　顔が怖い!!　ご、ごめん、別に東九条先輩を馬鹿にするつもりはないんだよっ！　で、でもさ？　東九条先輩って……な、なんだろ？　バスケの時は確かに格好いいけど、それ以外ってなると、その……」

「……まあ」

「で、でしょ!?　成績が良いって話も聞かないし、顔だって……まあ、悪くはないけど、よくもないじゃん？　精々、中の中、頑張って中の上にギリギリ入るかどうかっていうか……」

「……顔じゃないしね」

「ま、まあ？　私は浩之先輩の顔も味があって好きだけど？　で、でもまあ……」

「……『イケメン』ってだけなら、秀明の方がイケメンかも知れないけどさ」

「で、でしょ！　瑞穂だってそうだし、智美先輩も賀茂先輩も……それに桐生先輩もだけどさ？　皆、可愛かったり美人だったりするじゃない？　そんな皆がなんで東九条先輩にあれだけ熱を上げてるのかな〜って……それだけ東九条先輩に魅力があるのかな？　って」

「あー……まあ、浩之先輩の『良さ』ってそんなに簡単に分かるものじゃないしね」

浩之先輩の『良さ』っていうのは、長く一緒にいてこそ、のところもある。あるんだけど

……

「他の皆は知らないよ？　でもまあ……私に関してはアレだね」

若干の恥ずかしさと——それ以上の懐かしさを持って、理沙の顔を見て。

「——一目惚れ、かな？」

私には川北誠司、という五つ上の兄貴がいる。兄貴は小学校一年生からバスケを始めていたし……まあ、上手かったのだ。同じチーム内でも抜群に上手かったし、それこそ、浩之先輩みたいに県の選抜メンバーにも選ばれていた。しかも、小学校四年生で六年生に混じって、だ。

小学生のチーム、保護者のサポートが必要である以上、幼稚園生の私が両親にくっついて試合を見に行くのは当然の流れで、楽しそうにプレーする兄貴の姿を見ていた私が『バスケットボール』というスポーツに興味を持ち、そのスポーツをしてみたいと思うのは……まあ、当然と

言えば当然の流れだった。

「それでまあ……小学校に上がるときに、私も兄貴と同じチームに入ったんだ。チームの皆――兄貴の同級生とか、後輩、それにコーチも皆、歓迎してくれたんだよ」

最初に練習に参加した日、当時のコーチが満面の笑みで言った言葉は今でも覚えてる。

『お！　君が誠司の妹の瑞穂ちゃんか！　ウチのチームは女子が少し弱いから……瑞穂ちゃんはまだ体も小さいけど、誠司見てれば直ぐに大きくなるのは分かる！　期待してるよ、未来のエース!!』

「……期待のルーキー、って感じ？」

「自分で言うのもなんだけど……まあね。ある程度、期待のルーキーだったかな？」

苦笑を一つ。

「兄貴が家でも練習してたから、私も真似事みたいに練習してたんだよ。だからまあ、最初は茜とかよりも私の方が上手かったんだよ？」

シュートは流石にリングに届かなかったが、それでも私は当時の小学校一年生の新入団組の中では上手かった。だから……まあ、ちょっと天狗にもなっていた。

「智美先輩にも負けないくらい、私は上手く――っていうか、上手に出来てさ？　それを見てコーチは喜んだし、兄貴の同級生も褒めてくれたんだ。流石って。流石――」

──『誠司の妹だ』、って。

「……最初の一週間は本当にバスケ、楽しかったんだ。でもさ？　小学校一年生でドリブルが上手いっていっても知れてるじゃん？」

「……まあ、真っすぐドリブルできるだけでも大したもんだと思うよ？」

「そう。ドライブなんかも出来るわけじゃないし……そうするとホラ、私、ちっちゃいじゃん？　智美先輩とワン・オン・ワンすると直ぐに吹っ飛ばされてさ？」

まあ、真っすぐ突っ込んでいくだけだもんね。智美先輩は野生のカンなのか、私のドリブルを悉く読むし、茜に至っては。

「……フィジカルモンスターじゃん、茜？」

「……まあね」

「抜いた！　って思ったら、直ぐに回り込まれるんだよね。あれ、絶対反則だと思うんだよね！　チートだ、チート！」

もう、あんなの反則でしょ!?　抜いたと思ったのに、気付いたら目の前に茜がいるんだよ？　分身でもしたのかと思ったよ、最初は。

「……それでまあ、二週間が立つ頃にはさ？　皆の見る目が微妙になっていったっていうか……下手くそではないけど……なんて言うのかな？　『誠司の妹にしては微妙』っていうか……」

これでもし、私が皆よりも下手くそだったなら良かったのかも知れない。だが、私は中途半端に上手かったから……周りも、ちょっとだけ期待するんだ。

「だから、物凄く練習したんだよ。私は兄貴の妹だ！　絶対、上手くなってやる！　って。それでも一朝一夕で上手くなるものでもないし……そうなると、物凄く焦ってさ？　なんだか、バスケットするのがプレッシャーっていうか……」

なんとも言えない微妙な表情を浮かべる理沙。と、運転席からお母さんの声が聞こえてきた。

「……私、瑞穂にそんな風に思わせたかな？　誠司と……比較、しちゃってたかな？」

心配そうな表情でこちらを振り向くお母さん。そんなお母さんに――

「――って、前!!　前見て運転して、お母さん!!」

あ、あぶなっ!!　今、目の前の車と車間距離殆どゼロだったじゃん!!　き、気を付けてよ、本当に!!　スピードの向こう側じゃなくてこの世の向こう側に行っちゃうから!!

「大丈夫よ。この車、車間距離詰まり過ぎたら自動で停まる――ああ、これ家の車だったわね。会社の車なら停まるんだけど……これじゃ無理だね」

「本当に気を付けてよ!?」

いや、ホントに。勘弁してよ、お母さん！

「……はぁ……ま、お母さんとかお父さん、それに兄貴もそんなことしなかったよ？」

家族は違ったからね、流石に。

「でも……まあ、智美先輩とかは言ってたから。『瑞穂、やっぱり上手だね！　流石、誠司君の妹だ！』とか」

「嫌み……な、わけないか。智美先輩だもんね」

「私もそう思う。でもさ？　それってやっぱり……ちょっと辛かったんだよね」

　同情的な視線も辛かったし、どれだけ頑張って練習しても——そうだね、『誠司の妹だから出来て当たり前』って思われるのも辛かった。辛くて、辛くて、なんだかバスケ自体が楽しくなくなってきて。

「——そんな時だったんだ。浩之先輩に出逢ったのって」

「あ、ヒロユキ！　涼子も、久しぶり!!」

「おう。久しぶりだな、智美」

「久しぶりだね、智美ちゃん！」

「どう？　体調良くなった？　インフルエンザ拗らせたんだっけ？　良かったね、ヒロユキ！　ヒロユキが馬鹿じゃないことが証明されたよ！」

「いや、智美ちゃん？　やっぱり浩之ちゃん、おバカだよ？　だって病み上がりで一人で練習して風邪拗らせてるんだもん。普通、一週間ほど休んだら回復するのに……」

「……事実だから否定はできないけどよ？　もうちょっと優しくても良いんじゃね？」

いつものようにアップを終えて、一人ダムダムとボールをついている私の耳に智美先輩の楽しそうな声が響く。何事かとそちらに視線を向けると。

「……ん？　なんだ、アイツ？　見たことねーけど……新入り？」

こちらに視線を向ける一組の男女がいた。女の子は可愛らしい顔立ちしてるし、男の子の方は……同い年、かな？

「おにぃ！　私、ずっと言ってたじゃん！　あの子は瑞穂ちゃん！　私のライバルだよ!!　おーい、瑞穂ちゃーん！」

男の子の後ろからぴょこっと顔出した女の子――茜ちゃんが両手をぶんぶんと振ってみせる。その声についていたボールを抱えて私はそちらに歩みを進めた。

「……どうも」

「おにぃ、紹介するね！　この子、川北瑞穂ちゃん!!　瑞穂ちゃん！　この人は私のおにぃ！」

「……おにぃ？　鬼？」

「鬼じゃないよ！　お兄ちゃん！　瑞穂ちゃんの誠司君と一緒！」

「……ああ、茜ちゃんのお兄ちゃん」

もう一度まじまじと彼――茜ちゃんのお兄ちゃんを見る。

「……初めまして。川北瑞穂です」

「おう。俺、東九条（ひがしくじょう）浩之。よろしくな？」

「こちらこそ、よろしくお願いします」

「瑞穂ちゃん？　私は賀茂涼子です。浩之ちゃんとか智美ちゃんの幼馴染で、同じ学年なんだ。私も気軽に涼子って呼んでね？」

「……はい、涼子ちゃん」

「茜ちゃんに聞いてるよ？　誠司君の妹さんで、凄く上手なんだよね？」

……ずきっと、心が痛む。

「凄いな～。誠司君も上手だし」

……ずき、ずきっと心が痛む。

「やっぱり――兄妹だね！」

……ずきずきずきずきと、心が痛む。心が軋む。やめてほしいと、そんな目で見ないでほしいと、私は『川北誠司の妹』じゃなく、私は――

「――へぇ」

目を伏せていた私の頭上に掛かる声があった。

「お前、誠司君の妹なのか……それじゃ、川北！　俺と勝負だ!!」

そう言ってスポーツバッグの中からマイボールを取り出す東九条……先輩？　へ？　しょ、勝負？

「しょ、勝負って……」

「俺、誠司君尊敬してるから！　マジでスゲーよな、誠司君！　俺もあんな格好いいプレーしたいんだよな!!」

　無邪気に笑う東九条先輩。そんな先輩の姿に、なんだか諦めた様な思いが浮かぶ。

「……そうですね。お兄ちゃん、格好いいですもんね」

　自嘲気味にそう笑う私に、東九条先輩はにこやかに笑って。

「ああ！　だから、そんな誠司君の教えを受けただろうお前と勝負だ！　どっちが誠司君の一番弟子か決める勝負、しようぜ!!」

「……なんというか……東九条先輩って感じだね？」

「あの頃からバスケ馬鹿だったからね〜、浩之先輩」

　そう言って苦笑を浮かべる私に、理沙も苦笑を返してくる。変わってないよね〜、浩之先輩は。

「……それで？　どうだったの？　勝負の方は」

「言っても浩之先輩も小二だしさ？　あの時は智美先輩よりも小さかったし、茜みたいな化け物フィジカルも持ってないからね？　勝負自体は一進一退っていうか……」

　取っては取られ、取られては取り、それでもやっぱり年齢と経験日数でどうしても私は勝負に負けて。

「……悔しかったな～。智美先輩とか茜とかみたいな圧倒的なフィジカルを持ってない、殆ど私と身長も変わらない浩之先輩に負けたからさ」

「……はぁはぁ……」

「はぁ……よし！　俺の勝ちだな!!」

ニカっと笑う目の前の東九条先輩を睨みつける。体格差でも、フィジカルでもない、完全に技術で負けたのは……初めての経験かもしれない。

「……はぁー……なんだ！　お前、上手いには上手いけど、俺にはまだまだ及ばねーな！」

――だから、だろうか。

「なーにが、誠司君の妹だ！　やっぱり、俺が誠司君の一番弟子だな！」

その言葉が――無性に、腹が立つ。

「――どうせ、私はお兄ちゃんほど上手くないわよっ!!」

私の怒号が、体育館に響く。

「……は？」

私の言葉に、東九条先輩がきょとんとした顔を浮かべる。

「どうせ……どうせ、私はお兄ちゃんみたいに上手くない！　『川北誠司の妹だ』なんて言われても、私の実力はこんなもんだもん！　私――バスケ、上手くなんてないもん!!」

もう。

もう、沢山だ。もう、もう、もう、沢山だ!!

「なにが川北誠司の妹よ!!　そんな期待しないでよ!!　私は、私はお兄ちゃんみたいになれない！　私は――」

涙声の私に。

「――はい？　何言ってんだ、お前？」

ぽかんと間抜けな顔の東九条先輩の顔が映った。その間抜け面に、頭が沸騰する。

「だから！　川北誠司の妹だからって期待されても困る！　私は、お兄ちゃんより上手く――」

「当たり前だろ、そんなこと」

「――な……え？」

え？

「誠司君ほど上手くない？　んなもん、当たり前だろうが。誠司君、県の選抜に選ばれるほど上手なんだぞ？　そもそも、お前と誠司君だったら身長だって違うだろうが。お前、チビだし」

「そ、それは貴方もでしょ!!」

「ふん！　俺はこれからどんどん身長が伸びる予定なんだよ！　ともかく！　お前と誠司君が

違うのは当たり前だろうが。誠司君はバリバリのパワーフォワードだし……まあ、お前の身長なら俺と一緒のポイントガードってところだろうな」

頭からつま先まで私を見渡してうん、と一つ頷き。

「でもまあ、お前良いな？　誠司君の妹ってことはいつでも誠司君に教えてもらえるんだろ？　羨ましいな、それ！　あー！　俺も誠司君に毎日教えてもらいてー!!」

「……あ」

「それにまあ、流石に誠司君の教えを受けているだけあるな。俺にはまだまだ及ばないにしろ、なかなか見所あるぞ、お前！　よし！　誠司君の二番弟子として認めてやろう!!」

「え？　え、ええ？」

「なんだ？　二番弟子じゃ不満なのか？　言っておくけどな？　俺は誠司君の一番弟子の座は――」

「そ、その……が、がっかりしないの？」

「――わたさ……がっかり？　なにが？」

「だ、だって！　私、お兄ちゃんの妹なんだよっ！　な、なのに、お兄ちゃんみたいに出来ないよ！　智美ちゃんには当たり負けするし、茜ちゃんは抜けないし、お兄ちゃんみたいに」

――上手じゃ、ないよ、と。

「だから……がっかりしないの？　『川北誠司の妹なのに』って……『川北誠司の妹のくせに』って……」

「……お前が何を言いたいのか、よくわかんねーけどさ？」

そう言って東九条先輩は。

「――誠司君は誠司君、お前はお前……『川北瑞穂』だろ？　なんでお前が誠司君の妹だからがっかりしなくちゃいけないんだよ？」

にっこりと、綺麗（きれい）な笑顔を見せて。

「ま、誠司君の二番弟子のくせにこれぐらいのフェイントも見抜けないのは情けないな！　折角（せっかく）目の前にあんないいお手本があるのに、あのレベルじゃ恥ずかしいぞ！　妹とかそんなのは関係ないけどさ？　兄弟子として――」

「……兄弟子じゃないです」

「――ん？　なんだ？　やっぱり、一番弟子を譲（ゆず）れと？」

訝（いぶか）しむ東九条先輩に私はにっこりと微笑（ほほえ）む。東九条先輩に――ううん。

「――お兄ちゃんなんて、師匠（ししょう）でもなんでもないです!!　私の師匠は、同じチビの東九条――『浩之君』です!!」

『浩之君』に。

「お！　なるほど、お前中々見る目があるじゃないか！　俺の弟子になりたいか！　それじゃ

――マテ。俺は今はチビだが、これから背が伸びる予定だぞ？」

「なら、尚更良いじゃないですか！　私だって頑張って身長伸ばしますんで！　それで、いつかお兄ちゃんを――兄貴をぶっ倒しましょう！」

「誠司君を？」

「はい！　兄貴は私たちより学年も上ですし、二対一でも卑怯じゃないでしょ？　それに……燃えませんか、浩之君？　師匠を倒す展開！」

「……燃えるな」

「でしょ！　だから、二人で兄貴、ぶっ倒しましょう！」

「おう！」

「おー！」

右手を突き上げる浩之君に、私も同様に右手を突き上げる。

「……あのさ？　仲良くするのは良いけど……あっちで誠司君、泣きそうな顔してるんだけど？　『浩之に瑞穂、取られた……』って」

呆れた様な智美ちゃんの言葉を聞き流して。

「よし、川北！　それじゃお前は俺の一番弟子だ！　これから、一緒に練習するぞ!!」

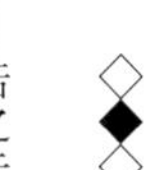

「……浩之先輩だけ、だったんだ」

「……」

「私のこと、『川北誠司の妹』じゃなくて……ただの『川北瑞穂』として見てくれたの」

「……瑞穂」

「それからは……まあ、あんまり気にしなくなったかな？　兄貴の妹って言われるのも……誰かと自分を比べるのも、誰かと自分を比べられるのも。私が勝ちたいのは『私』だけ。昨日の私より、今日の私の方が上手くなっていたい。誰に負けるじゃなく——私は、『私』に勝ちたいの」

「……みず——」

「あ、一個訂正」

「——ほ……訂正？」

「うん。私が勝ちたいのは基本、私だけなんだけど……一人だけ、絶対に勝ちたい人がいるんだ」

「勝ちたい人って……」

「うん。私が勝ちたいのは、私が勝たなくちゃいけないのは」

――東九条浩之。

「私が言ったんだしね。『師匠を倒す方が燃える』って。だから……私は、私の師匠を倒さなくちゃいけないって。じゃないと、浩之先輩を煽った――」

ううん。

「――浩之先輩に、顔向け出来ない……から……」

「……」

「……でも……その、ふ、復帰は……」

「……まあ、その辺りは瑞穂に任せるよ。でも……今の話聞いたら、やっぱり是が非でも止めたくなっちゃった。だって瑞穂さ？」

今のままじゃ、東九条先輩に負けっぱなしじゃない？　と。

「ま、瑞穂の判断だね！　いや、それにしてもちょっと見直したかも、東九条先輩！　バスケだけの人じゃないんだね！　いや～……藤田先輩の友達だけあるよね～」

「藤田先輩って……雫の好きな人の？」

「そ。藤田先輩、良い人って言ったでしょ？　今の話聞いたら東九条先輩も良い人……っていうか、人の気持ちに寄り添える……違うか。自然にそういう考え方、出来る人なんだな～って。そりゃ、瑞穂がそれだけベタ惚れになるよね～」

ニヤニヤとした笑顔を浮かべる理沙。そんな視線が若干気恥ずかしくて、私は視線を窓の外に——あれ？

「……お母さん？　なんか車動いてなくない？」

「渋滞にハマったのよ。この時間、こんなに混むことないのに。何かイベントでもあるのかな～？」

「渋滞にハマったって……え、ええ!?」

ちょ、ちょっと待って!?　渋滞にハマったの!?　それじゃ、試合はどうするの!?　私もだけど、理沙は!?　理沙、試合に出るんだよ!!

「理沙ちゃん、渋滞にハマって少し遅れるって誰かに電話しといてくれる？　大丈夫、試合に間に合う様にするから」

「は、はい！」

お母さんの言葉に慌てた様にスマホを取り出して部の誰かに連絡する理沙。そんな理沙をちらりと見やり、お母さんは私に視線を向ける。

「……さっきの話を聞いて、思った」

「……なに？」

「やっぱり瑞穂、バスケをやめる選択をするには早い」

「っ！　で、でも!!」

「バスケをやめる選択肢を取るなって意味じゃない。ただ……貴女の大好きな『師匠』の活躍を見てからでも遅くない。そのうえで、貴女がそれでもバスケをやめるって選択肢を選ぶなら、私も何も言わない」

「お、終わりました、おばさん!!」

理沙の声に、お母さんが前を向いて。

「――だから、安心しなさい、瑞穂。貴女が大好きな『東九条浩之』の活躍は」

私が絶対、見させてあげる、と――って、へ？

「お、お母さん!?　な、なんでウインカー出したの!?」

「お、おばさん!?　これ、裏道ですよ!?　車一台、どうにか通れる――」

「――任せなさい。『峠の死神』と呼ばれた私のドラテク……見せてあげるわ!!」

「――って、さっきと二つ名違いませ――はぅ!!」

「理沙ちゃん、喋らないで。舌……嚙むわよ？」

「ちょ、おかあ――ひぐぅ！」

「だから、黙ってなさいって……言ったでしょ!!」

お母さんの言葉と同時、ふわっと体が浮く感覚。ちょ、やばっ！　流石に――って、ええ!?

「これ、無理!!　お母さん、此処は車が通る様には出来てな――」

「甘いわね、瑞穂!!」

「――って、ええ!?　み、右車輪!?　タイヤの右車輪だけで走ってる!?」

お分かり頂けるだろうか？　車の右の前後の車輪だけが地面につき、左の前後の車輪は壁を走っているのだ。いや、これ、峠関係なくない!?　何処の雑技団よ!!

「……うぷ……み、瑞穂……吐きそう……朝食べたオムレツが、リバースしそう……」

「り、理沙！　ダメ！　それは乙女の尊厳とかいろんなものが――ひぅ!!」

「だから舌嚙むって言ったじゃなーい。心配しないで？　絶対、試合会場に連れていくから!!」

「試合会場じゃなくてあの世に行きそうなんですけど、これぇ!!」

車内には私の絶叫と、口を押さえて『うぷ……』とかいう理沙、そして、お母さんの高笑いだけが響いた。

……あ、まずい。私も朝食べたトースト、出ちゃうかも。

あとがき

初めましての方――は流石に三巻ではいらっしゃらないですかね？　どうも疎陀です。おかげさまで三巻、無事に発売出来ました。これも偏に皆様の応援のお蔭です。感謝、感謝。また、ありがたい話、四巻の方も来春には出させて頂けそうです。こちらも皆様のご声援のお蔭です。本当にありがとうございます！

さて、三巻は如何だったでしょうか？　個人的には物凄く楽しく書けた巻になりますので、面白く思って頂けたら幸せですし、何より『藤田、かっけー！』となって下さった方はぜひ、旧Twitter、現Xで呟いてください。合言葉は『藤田△』でお願いします。

さて、Twitterと言えば皆様、二巻のあとがき覚えていらっしゃるでしょうか？　そうです、デビューから十年近く経ちながらようやくSNSの荒波に挑戦した私、疎陀ですが、ダッシュエックス文庫さんからフォローされていないのを嘆いていたことを！　そうです！　私の二巻でのあとがきの力か、ついに疎陀！　ダッシュエックス文庫さんにフォローして頂いたのです！　わーい！

……違う、ダッシュエックス文庫。そうじゃないんだ。されない方が美味しいんだ。この場